knister

Sam Copeland

Charlie kriegt die Flatter

Sam Copeland

Charlie kriegt die Flatter

Aus dem Englischen von
Silvia Schröer

Zeichnungen von Stew Wegner
und Timo Müller-Wegner

cbj

Dieses Buch ist auch als E-Book erhältlich.

FSC www.fsc.org
MIX
Papier aus verantwortungsvollen Quellen
FSC® C014496

Verlagsgruppe Random House FSC® N001967

1. Auflage 2019

Die englische Originalausgabe erschien 2019 unter dem Titel:
„Charlie changes into a chicken“
bei Puffin Books, Penguin Random House UK, London
Übersetzung: Silvia Schröer
Umschlagillustration: Stefanie Wegner und Timo Müller-Wegner
Umschlagfertigstellung: Sebastian Maiwind
CK · Herstellung: AJ
Satz: Uhl + Massopust, Aalen
Druck: GGP Media GmbH, Pößneck
ISBN 978-3-570-17626-9
Printed in Germany

www.cbj-verlag.de

Für meinen Vater Steve,
der mir beigebracht hat,
wie man auch in den härtesten Zeiten lacht.

Kapitel 1

Das ist Charles McGuffin.

Er ist es nicht *in echt*. Es ist nur ein Bild von ihm. LOGISCH. Solltest du das nicht kapiert haben, dann ist dieses Buch viel zu schwierig für dich und du solltest wahrscheinlich lieber *Das wirklich einfache Buch mit kinderleichten Geschichten für totale Schwachköpfe* lesen.

Charles McGuffin ist genauso wie du und ich. Na ja, er ist nicht wie ich, weil ich groß und haarig bin und Charles klein ist, mit ziemlich glatter Haut. Also ist er genauso wie du. Nur dass er Du-weißt-schon-Was hat, und wahrscheinlich haben viele von euch, die das hier lesen, kein Du-weißt-schon-Was. Also ist Charles genauso wie *einige* von euch.

Nur dass es da einen **riesengroßen Mega-Unterschied** gibt.

Er kann sich in Tiere verwandeln.

Ja genau, gerade ist er noch ein normaler Junge und kurz darauf ein Wolf.

Oder ein Gürteltier.

Oder eine Giftnudel (was, wie jeder weiß, der eigentliche wissenschaftliche Name für eine Schlange ist).

Okay, wahrscheinlich ist Charles also überhaupt *nicht* so wie einige von euch, weil niemand sonst sich in Tiere verwandeln kann.

Ich halte es für das Beste, wenn wir mit diesem Buch noch einmal von vorne beginnen, was meinst du?

Tu einfach so, als hättest du diesen Teil nicht gelesen, okay?

Kapitel 1 (noch mal)

Das ist Charles McGuffin.

Er ist es nicht *in echt*. Es ist nur ein Bild von ihm. **Logisch**.

Charles McGuffin ist absolut nicht so wie du oder ich. Er ist total, ganz und gar anders. Charles ist *einzigartig*. Weil Charles sich in Tiere verwandeln kann. Zum Beispiel in Giftnudeln.

Eigentlich war Charlie* ein ziemlich normaler

---

* Obwohl er Charles heißt, kürzt ihn jeder mit Charlie ab, was ziemlich albern ist, weil es keine Buchstaben spart.

Junge bis etwa drei Wochen nach seinem neunten Geburtstag.

Er war gerade von seinem zigtausendsten Besuch bei seinem älteren Bruder Okidoki aus dem Krankenhaus zurückgekommen. Okidoki war ziemlich krank und war schon eine Ewigkeit im Krankenhaus. Das war echt ärgerlich, weil Charlie sich sicher war, dass er seinen Bruder inzwischen in *FIFA* auf der PS4 schlagen könnte, und das beweisen wollte. Außerdem musste die Hütte im Garten repariert werden und Charlie konnte das nicht alleine. Und manchmal wollte Charlie seinen Bruder auch einfach zurück, um mit jemandem Verstecken zu spielen. Alleine Verstecken zu spielen macht nicht besonders viel Spaß – Charlie hatte es ausprobiert.

Wenn du besonders clever bist, hast du dir vielleicht schon gedacht, dass Charlies Bruder nicht in

---

PS: Das hier nennt man eine Fußnote. Man nennt es so, weil schlaue Leute im alten Griechenland, wenn ihnen etwas echt Wichtiges eingefallen war und sie es unbedingt aufschreiben mussten, um es nicht zu vergessen, aber gerade kein Papier zur Hand hatten, es sich auf den Fuß schrieben.
Ehrlich gesagt bin ich mir nicht ganz so sicher, ob das wirklich stimmt. Verlass dich in diesem Fall lieber mal nicht auf mich.

echt Okidoki heißt, aber wehe dir, solltest du ihn je anders nennen. Bewahre!*

Der richtige Name von Charlies Bruder war

---

* Sehr gut gesehen! Noch eine Fußnote. Wahrscheinlich fragst du dich, was „bewahre“ heißt. Tja, nur Eltern und Lehrer dürfen „bewahre“ sagen … So lautet das Gesetz. Richtig lustig wird's aber, wenn du beim nächsten Mal, wenn ein Lehrer oder ein Elternteil „bewahre“ sagt, fragst, was das heißt. Was es genau heißt. Wahrscheinlich wirst du sehen, wie ihnen die Köpfe rauchen, und du wirst noch mehr Ärger bekommen, aber das ist es wert.

Henry, aber weil er sein Leben lang Horror-Henry gerufen wurde, würde er jedem, der ihn bei seinem richtigen Namen ruft, sofort eins auf die Nase verpassen. Er war zwölf Jahre alt, hatte Krankenhäuser satt und könnte Charlie immer noch im Handumdrehen in *FIFA* schlagen, egal, was Charlie behauptete. Und vielleicht hatte er eine feste Freundin, aber man würde eins auf die Nase kriegen, wenn man sagen würde: „Okidoki hat eine feste Freundin." Tatsächlich hat man Glück, wenn man bei einem Gespräch mit Charlies Bruder nicht aus diesem oder jenem Grund eins auf die Nase bekommt.

Sobald Charlie, seine Mum und sein Dad von ihrem Besuch bei Okidoki heimgekommen waren, rannte Charlie direkt nach oben in sein Zimmer. Er schlüpfte ins Bett, unter seine Bettdecke und versuchte nicht an den **Großen Scan** zu denken, von dem sein Bruder ihm gerade erzählt hatte. Nach einer Weile wischte er sich die Augen und richtete die Bettdecke mit einem Tennisschläger auf, um sein Bett in ein Zelt zu verwandeln. Als das Zelt stabil war und nicht mehr einkrachte, knipste er seine Taschenlampe an und begann in seinem Lieblingsbuch zu lesen. In Charlies Lieblingsbuch ging es um Vulkane. Es gab Bilder von riesigen Explosionen und orangeroter Lava, und er stellte sich gerne vor, dass er dem sicheren Tod entkam, indem er den Vulkan herunterrutschte, auf der Lava surfte und sich unter den Explosionen hinwegduckte.

Der Lärm seiner streitenden Eltern dröhnte tief wie Donner von unten durchs Haus. Charlie klappte sein Buch zu. Er konnte sich nicht konzentrieren. Draußen war es dunkel geworden und im Licht der Straßenlaterne warf der Baum vor Charlies Fenster unheimliche Schatten an seine Zimmerwand. Für Charlies Geschmack sah die Silhouette der Äste ein wenig zu sehr nach langen Hexenfingern mit Krallen aus, also sprang er aus dem Bett und zog die Vorhänge zu.

Und da passierte es zum ersten Mal.

Es begann mit einem Zucken seines Auges. Charlie blieb wie angewurzelt stehen und fühlte, wie sein Augenlid wie verrückt blinzelte. Sein Auge hatte schon früher gezuckt, wenn er müde gewesen war, aber irgendwie fühlte es sich diesmal anders an. Es fühlte sich an, als hätte ihn jemand soeben in eine Steckdose gesteckt. Das Zucken sprang auch auf sein anderes Auge über und beide Augen blinzelten und zuckten.

Ein Gefühl explodierte in seinem gesamten Körper, als wäre er gerade durch ein Stromkabel geschossen worden, als wäre *er* der Strom. Jede Faser seines Körpers **zischte** und **sirrte**. Das Zischen und Sirren wurde stärker, bis es sich anfühlte, als würde er in Flammen stehen, allerdings in Flammen stehend eingeklemmt und vibrierend in einer unendlich langen Röhre.

Seine Haut fühlte sich seltsam an. Lebendig. Er betrachtete seinen Arm und sah mit großem Schreck, dass überall aus seiner Haut Haare wuchsen. Seltsamerweise wuchs auch das Zimmer.

Doch nein, wurde Charlie klar, nicht das Zimmer wurde größer – er war es, der schrumpfte! Kleiner und kleiner wurde er und das Zimmer um ihn herum wurde immer größer.

Und sein Körper – Charlie wagte kaum hinzusehen – sein Körper veränderte sich. Komplett. Ihm wuchsen zusätzliche Beine (was ganz genauso

eklig ist, wie man es sich nur vorstellen kann). Und schließlich spürte er, wie neue Augen aus seinem Kopf hervortraten (was vielleicht sogar noch ekliger war als die neuen Beine).

Fast sofort begriff Charlie, dass er sich in eine Spinne verwandelte.

Und woher wusste Charlie das?

Er sah sich die *Indizien* an.

Indiz Nr. 1: Charlie war jetzt winzig. Zugegeben, er war auch nicht besonders riesig gewesen, bevor er sich verwandelt hatte, aber er konnte eine getrocknete Aprikose unter seinem Bett sehen, die er sich für Notzeiten aufgespart hatte, und er war jetzt etwa so groß wie diese Aprikose. Und für gewöhnlich sind normale neunjährige Jungen nicht so groß wie getrocknete Aprikosen.

Indiz Nr. 2: Charlie zählte seine Beine und hatte acht davon, was für einen Menschen etwa sechs zu viel sind, aber genau die richtige Anzahl für eine Spinne.

Indiz Nr. 3: Er war vollständig mit kurzen braunen Haaren bedeckt. Zwar war jemand, der mit Haaren bedeckt ist, nicht automatisch kein Mensch – nehmen wir zum Beispiel Charlies Onkel Pete. Onkel Pete war einmal mit Charlie schwimmen gegangen, und als er sein T-Shirt auszog, war sein Rücken dermaßen mit dicken Haarbüscheln bedeckt gewesen, dass ein Gorilla vor Neid erblasst wäre. Alle anderen Kinder waren stehen geblieben und hatten Onkel Pete mit großen Augen und offenem Mund angestarrt, als er mit im Winde flatternden Rückenhaaren ins Becken gestiegen war. Charlie hatte versucht zu vergessen, dass das je passiert war, aber je mehr er versuchte, Onkel Petes haarigen Rücken zu vergessen, desto tiefer brannte er sich ihm ins Gedächtnis, denn so lästig kann das Gedächtnis sein.

Indiz Nr. 4: Charlie konnte fast komplett einmal hinter sich schauen, ohne sich umdrehen zu müssen. Er tastete mit einem seiner neuen, langen, spindeldürren schwarzen Beine nach oben und zählte seine Augen. Er hatte acht.

Acht Beine? Acht Augen? Seeehr verdächtig.

Also besah sich Charlie all die verdächtigen Indizien und zählte klein + haarig + acht spindeldürre schwarze Beine + acht Augen zusammen, und als Ergebnis kam Spinne heraus, denn es ist eine allgemein bekannte Tatsache, dass Spinnen haarig sind und acht Beine und acht Augen haben. Weniger bekannt ist, dass Spinnen auch acht Popos* haben, was sowohl eklig als auch schwierig ist und die Spinnen zudem eine Menge Geld für Klopapierrollen kostet.

---

* Wenn du sehr schlau bist, wirst du gemerkt haben, dass das nicht wirklich eine Tatsache ist. In Wahrheit ist das total falsch. Spinnen haben nur einen Popo, wofür sie sehr dankbar sind. Aber wenn jeder, der das liest, so viele Menschen wie möglich davon überzeugen kann, dass Spinnen acht Popos haben, dann wäre das genial, und es würde die Welt zu einem besseren Ort machen. Also, wenn du jüngere Brüder oder Schwestern hast, fang an, ihnen einzureden, dass Spinnen acht Popos haben.

Charlie saß auf dem Boden und dachte über seine missliche Lage nach. Er hatte sich in eine Spinne verwandelt, und er hatte keine Ahnung, wie man spinnisierte. Er hatte eine Menge Übung darin, ein Junge zu sein, aber keinerlei Übung im Spinnesein. Nachdem Charlie eine Weile einfach so als Spinne dagesessen hatte, schmiedete er einen Plan. Der Plan bestand aus zwei einfachen Schritten. Und die waren:

Schritt 1:

Schritt 2: seine Mum zu Hilfe rufen.

Den ersten Schritt seines Plans setzte er erfolgreich um. Vor allem ruderte er dafür mit seinen spindeldürren Beinen in der Luft. Nachdem er eine angemessene Weile lang Panik geschoben hatte, versuchte Charlie Schritt 2 umzusetzen.

Schritt 2 ging schief. Und warum ging Schritt 2 schief? Hast du je eine Spinne schreien hören? Nein. Natürlich nicht. Weil Spinnen nicht schreien können. Spinnen können weder murmeln noch flüstern, noch reden oder quatschen oder in irgendeiner Form tratschen, plappern oder jodeln und sie können ganz bestimmt nicht um Hilfe rufen.

Nach kurzem lautlosem Schreien und wütendem Beineschwenken setzte sich Spinnen-Charlie auf den Boden neben die fusselige Aprikose und musste einsehen, dass Schritt 2 seines Plans einfach nicht klappen konnte. Also beschloss er auf Schritt 1 zurückzugreifen und diesen zu wiederholen.

Panik!!!

Kapitel 2

Jetzt krieg dich wieder ein, Spinnen-Charlie, dachte Charlie, nachdem er ein paar Minuten Spinnenpanik geschoben hatte. *Es gibt keinen Grund, Panik zu schieben. Es kann nur besser werden, weil es nicht noch schlimmer werden kann als jetzt.*

Noch nie in seinem Leben hatte Charlie so falsch gelegen.

Es würde noch viel schlimmer werden.

Gleich wird alles wieder total gut. Alles wird wieder normal sein, dachte Charlie fälschlicherweise.

Denn du musst wissen, dass Charlie etwas ist, das man „Optimist" nennt. Das heißt, er sieht immer das Positive und erwartet immer das Beste vom Leben. Normalerweise ist diese Haltung genau richtig.

Aber vielleicht ist diese Haltung, ein Optimist zu sein, nicht genau richtig, wenn man sich gerade in eine Spinne verwandelt hat. Vielleicht ist es dann besser, wenn man ein bisschen zum „Pessimisten" wird. Ein Pessimist ist das Gegenteil von einem Optimisten. Pessimisten rechnen immer mit dem Schlimmsten wie zum Beispiel:

1. Meine Fußballmannschaft wird vier zu null verlieren und ich werde vier Eigentore schießen.
2. Ich werde den Rächtschreibtest am Freitag total verhauen.
3. Nachdem ich mich plötzlich in eine Spinne verwandelt habe, wird es nicht plötzlich besser werden, sondern im Gegenteil noch viel schlimmer, weil die Familienkatze, ein großer orange getigerter Kater namens Vorsitzender Miao, ins Zimmer kommen und versuchen wird, mich zu fressen.

Aber Charlie war kein Pessimist. Er war ein Optimist. Er beruhigte sich langsam und panikte weniger, weil er positive Gedanken dachte.

Das war eine ganz schlechte Idee, weil sich ein fetter, orangefarbener Kater namens Vorsitzender Miao durch den Spalt der Zimmertür quetschte. Und Vorsitzender Miao fraß gerne Spinnen.

Du ahnst, was jetzt kommt? Charlie endlich auch. Er erstarrte vor Schreck.

Vorsitzender Miaos Augen funkelten in der Dunkelheit.

Charlie spinnenschluckte.

Vorsitzender Miao duckte sich flach auf den Boden, gespannt wie eine Feder, Ohren gespitzt.

Charlie ließ aus Versehen einen klitzekleinen, winzigen erschrockenen Spinnenfurz* fahren.

Fff-zzz! 

---

* Noch eine Fußnote. Aber ich verspreche dir, dass diese interessant ist. Die meisten Tiere furzen nämlich wirklich. Echte Wissenschaftler werden mit echtem Geld dafür bezahlt, eine Liste mit Tieren zu erstellen, die furzen, und Tieren, die nicht furzen. Das muss ein ziemlich übel riechendes Labor sein. Ich wette, als sie heimgegangen sind, haben sie nach Nashornfürzen gestunken und niemand wollte im Zug neben ihnen stehen. Die Wissenschaftler fanden heraus, dass Ziegen, Paviane und Wale (kannst du dir das vorstellen?) ***tatsächlich***

furzen, während Vögel, Krebse und Austern ***nicht*** furzen. Und weißt du was? Die Wissenschaftler wissen nicht, ob Spinnen furzen! Tja, ich denke, Charlie hat hier eben eindeutig bewiesen, dass Spinnen ***sehr wohl*** furzen. Die Wissenschaft kann uns später dafür danken.

Vorsitzender Miao wackelte mit seinem haarigen Hinterteil und machte sich sprungbereit.

Die Zeit schien sich zu **z i e h e n** wie ein Gummiband. Dann **schnalzte** sie.

Plötzlich kam Charlie in Bewegung. So schnell ihn seine acht Beine trugen, flitzte er unters Bett.

Vorsitzender Miao sprang ihm hinterher.

Charlie rannte so schnell und so weit er nur konnte.

Vorsitzender Miao reichte nicht ganz an Charlie heran, schlug aber mit seinen fetten orangefarbenen Pfoten nach ihm. Charlie duckte sich unter den spitzen Krallen hinweg, rannte und sprang. Er erreichte die Zimmerecke unter seinem Bett, kauerte sich zwischen alte Lollistiele, verstaubte Fußballsammelkarten, ein vergammeltes Apfelgehäuse und eine tote Schnecke, die er als Haustier gehalten hatte, bis sie ihm entwischt war, und wenigstens wusste er jetzt, wo sie gelandet war.

Die pendelnden, schlagenden Krallen rückten näher. Charlie musste sich etwas einfallen lassen, und zwar schnell.

Und dann wurde ihm klar – er musste sich aus der Situation heraus*spinnisieren*. Er stellte einen spindeldürren Fuß hoch an die Wand. Und dann noch einen. Und noch einen. Und noch einen. Und no–… na ja, du weißt schon. Er stellte alle seine acht Füße an die Wand. Und dann lief er los. Die Wand hinauf.

Für Spinnen fühlt sich das wahrscheinlich ziemlich normal an, aber für Charlie fühlte es sich ganz und gar nicht normal an. Ganz im Gegenteil. Am liebsten hätte Charlie aus Leibeskräften geschrien, während er die Wand hochlief, wenn Spinnen hätten schreien können (was sie nicht können, wie wir bereits wissen).

Spinnen können vielleicht nicht schreien, aber sie können nach hinten sehen, und das entpuppte sich plötzlich als eine sehr nützliche, sogar lebensrettende Fähigkeit. Denn Charlie sah in seinem Rücken, dass Vorsitzender Miao ihn entdeckt hatte. In seinen Spinnenbeinen fühlte er die Vibration, als der Kater über den Boden auf ihn zustampfte.

Charlie rannte schneller.

Vorsitzender Miao sprang hoch und streckte sich, um Charlie zu erwischen.

Knapp daneben. Charlie rannte, so schnell er

konnte, die Wand hoch ganz nach oben und weiter die Zimmerdecke entlang, bis direkt über den Kleiderschrank. Dort verharrte er, spinnenstill und kopfüber, in Todesangst, während Miao bedrohlich unter ihm auf und ab streifte.

Jetzt *sieht es wirklich schlimm aus*, dachte Charlie. *Noch schlimmer kann es nicht werden. Ab jetzt kann es* auf jeden Fall *nur noch besser werden.*

Charlie hatte seine Optimisten/Pessimisten-Lektion noch immer nicht gelernt.

Mit zwei flinken, geschmeidigen Sätzen sprang Vorsitzender Miao zuerst aufs Bett und dann oben auf den Schrank. Ohne Vorwarnung saß Charlie kopfüber in der obersten Ecke seines Zimmers in der Falle und sah hinunter auf seinen Hauskater, der nur noch wenige Zentimeter davon entfernt war, ihn zu fressen.

Nie hätte Charlie sich vorgestellt, so zu sterben: verwandelt in eine Spinne und dann verspeist von einem haarigen orangefarbenen Kater. So kann's gehen im Leben.

Das war es also.

Das Ende.

Das Spiel war aus.

Und er würde das Level nicht noch einmal neu starten können.

Mit weit aufgerissenem Maul machte der Kater einen Satz.

Ohne zu wissen, was er tat, sprang Charlie. Und dabei schoss etwas Seltsames aus einem seiner acht Popos* heraus und traf die Decke hinter ihm. Ein langes silbernes Seil.**

Spinnenseide!

Zwar war Charlie erst neun Jahre alt, aber er wusste – tief, tief in seinem Innersten *wusste* er einfach mit einer für sein Alter erstaunlichen Weisheit –, dass dies hier der einmaligste, kras-

---

* Zur Erinnerung: acht Popos. Bleib bei der Lüge. Wir ziehen das durch.

** Eigentlich schießen Spinnen nicht wirklich Netze aus ihrem Popo. Sie kommen aus winzigen Löchern, die „Spinnwarzen" genannt werden. Spinnwarzen sind eigentlich ein bisschen wie winzige Popolöcher, aber statt Kacke schießt Spinnenseide aus ihnen heraus. Was ziemlich cool ist, wenn man darüber nachdenkt. Merk dir das Wort „Spinnwarze", weil es eines Tages in etwa fünfundzwanzig Jahren in einem Kreuzworträtsel oder als Frage in einer Quizshow vorkommen wird und alle werden dich für ziemlich schlau halten, weil du es gewusst hast. Außerdem ist „Spinnwarze" ein ziemlich nützliches Wort in einem Spiel namens Scrabble.

seste, megadurchgeknallteste Moment in seinem Leben war.

Und während Charlie durch die Luft rauschte, an seinem Poposeil schwingend, und Vorsitzender Miao mit großen Augen und offenem Maul zusah, spürte Charlie wieder, wie Elektrizität durch seinen Körper schoss, als würde er hoch zu einem Satelliten und hinab in ein Handy katapultiert. Er fühlte, wie er gequetscht und geknautscht und gezogen und gedehnt wurde, bis er wieder die riesenhafte Größe eines Jungen angenommen und seine eigenen Beine und eigenen Arme zurückbekommen hatte, und dann fiel er und fiel und **ka-wumste** schließlich auf sein Bett.

Charlie war keine Spinne mehr. Er war wieder ein ganz normaler Junge.

Schwer atmend lag er dort, starrte hoch zum Vorsitzenden Miao, der immer noch oben auf dem Schrank saß und so ungläubig zu Charlie herabsah, wie eine Katze nur gucken kann.

Plötzlich flog Charlies Zimmertür auf. Es war seine Mutter und sie sah wütend aus.

„**Charles McGuffin**! Du sollst NICHT auf deinem Bett herumspringen! Das habe ich dir schon mehrmals gesagt: Du wirst es kaputtmachen."

„Aber, Mum..."

„Kein ‚Aber, Mum'. Wenn du es kaputtmachst, musst du auf dem Fußboden schlafen. Wir können es uns nicht leisten, dir ein neues zu kaufen. Also ehrlich... es klang, als würdest du gleich durch die Decke krachen."

„Aber, Mum, ich war eine Spinne!"

„Spinnen poltern nicht durch die Gegend wie Fallschirm springende Elefanten."

„Aber ich habe mich wieder zurückverwandelt! Vorsitzender Miao wollte mich fressen und ich bin zur Seite gesprungen und als ich dann durch die Luft flog, habe ich mich wieder in einen Jungen verwandelt und meine Poposeide ist gerissen und ich bin aufs Bett gekracht."

„Deine Popo-was? Ach egal, vergiss es. Ich will es gar nicht wissen. Versuch einfach, beim nächsten Mal vorsichtiger zu landen. Und, Vorsitzender Miao – versuch nie wieder, Charlie zu fressen."

Fairerweise muss man sagen, dass Vorsitzender Miao ein bisschen beschämt dreinsah.

„Du glaubst mir kein Wort, oder? Dass ich mich

in eine Spinne verwandelt habe.“ Charlie sah seine Mum gekränkt an. „Das war nicht nur Einbildung. Es ist in echt passiert.“

„Natürlich glaube ich dir.“

Tat sie nicht. Charlie erkannte an ihrer Stimme und dem winzigen Lächeln, das in ihren Mundwinkeln zuckte, dass sie nicht wirklich glaubte, dass er sich in echt in eine Spinne verwandelt hatte, sondern es nur für ein Spiel hielt.

„Also, Spiderman“, fuhr Charlies Mum fort, „kannst du fürs Abendessen nach unten krabbeln?“

Gegen seinen Willen musste Charlie ebenfalls lächeln. „Klar. Was gibt’s?“

„Fliegen.“

Charlies Mum zwinkerte ihm zu, und Charlie lachte, während sich ein wunderbar warmes Gefühl in seinem Bauch breitmachte. Er sprang die Treppe hinunter und erst da fiel ihm auf, dass er am Verhungern war. Beinahe gefressen zu werden, machte ordentlich Appetit.

„Und überhaupt“, sagte Charlies Mum, als sie sich an den Tisch setzten, „hast du nicht gesagt, dass du Netzwerktechniker werden willst, wenn du größer bist?“

„Mum …“

Kapitel 3

Charlie lief mit Mohsen und Wogan, zwei seiner drei besten Freunde, durch den Schulflur.

„Ernsthaft jetzt? Du hast dich echt in eine *Spinne* verwandelt?“, fragte Mohsen Charlie mit großen Augen.

„Du glaubst mir?“, sagte Charlie erleichtert. „Meine Mum hat mir nicht geglaubt.“

„Natürlich nicht. Erwachsene glauben nie *irgendwas*. Darum hat man ja Freunde“, sagte Mohsen weise.

Mohsen hatte eine PS4 UND eine Xbox, aber er durfte keine Würstchen oder Süßigkeiten mit Gelatine essen. Das glich es wieder aus, fand Charlie.

Mohsen und Charlie waren am ersten Tag in der Vorschule beste Freunde geworden, als Charlie zu schüchtern gewesen war, zu fragen, ob er auf Toilette gehen darf, und … na ja, du kannst dir vorstellen, was passiert ist. Ich muss es dir nicht erklären. Das kann jedem mal passieren, OKAY? Sogar deine Mum oder dein Dad hatten ab und zu ein kleines Missgeschick in ihren Hosen. Geh und frag sie, wenn du mir nicht glaubst. Ja, jetzt gleich. Geh schon. Ich warte.

…

…

…

Ich hab's dir doch gesagt. Und sollten sie dir dieses Buch laut vorlesen, dann schau mal, ob sie rot geworden sind. Wenn sie rot geworden sind, erinnern sie sich eindeutig daran, dass sie mal ein Missgeschick in ihren Hosen hatten. Und wenn sie nicht rot werden, dann sind sie wahrscheinlich keine Menschen, sondern mit ziemlicher Sicherheit ROBOTER, und das kannst du überprüfen, indem du sie kitzelst. Wenn sie lachen, sind sie menschlich, weil Roboter nämlich nicht kitzlig sind.

Jedenfalls war Mohsen in der Vorschule nett gewesen und hatte Charlie nicht ausgelacht, sondern ihn zur Toilette gebracht. Charlie hatte Tränen in den Augen, aber Mohsen hatte ihm erzählt, dass er vor ein paar Wochen im Bus in seine Hose gekackt und der ganze Bus nach Kacka gestunken hatte, und das brachte Charlie zum Lachen und von diesem Moment an waren die beiden beste Freunde.

„Du warst also wie Spiderman?“, sagte Wogan mit genauso großen Augen wie Mohsen.

Wogan war der zweite von Charlies besten Freunden und er war ein genialer Fußballspieler, aber alle Mädchen in seinem Jahrgang versuchten ständig ihn zu küssen. Und das glich es wieder aus, fand Charlie. Wogan war groß und hatte strubbelige Haare.

„Nein. Überhaupt nicht“, antwortete Charlie. „Spiderman ist ein Mensch mit Spinnenkräften, weil er von einer radioaktiven Spinne gebissen wurde. Spiderman war genauso groß wie ein Mensch und sah aus wie ein Mensch. Ich war so groß wie eine Spinne und sah aus wie eine Spinne. Ich hatte acht Beine. Ich war nicht Spiderman. Ich war einfach nur…“ Charlie überlegte kurz. „Ich war einfach nur… Spider, würde ich sagen.“

Die drei Jungs dachten darüber nach, während sie sich ihrem Klassenzimmer näherten.

„Also warum ist es dann passiert?“, fragte Wogan. „Ich meine, Spiderman wurde von einer Spinne gebissen, Hulk wurde radioaktiv verseucht und Iron Man wurde von einem Eisen auf den Kopf getroffen, als er noch ein Baby war.“

„So ist Iron Man nicht zu Iron Man geworden, Wogan“, sagte Mohsen und schüttelte den Kopf. „Ich weiß, dein Bruder hat dir das erzählt, aber es stimmt nicht. Und überhaupt zählt Iron Man nicht, weil er nicht einmal besondere Kräfte hat wie Charlie. Er ist nur reich und zieht eine Roboterrüstung an.“

„Ich habe keine besonderen Kräfte. Es passiert einfach“, sagte Charlie niedergeschlagen.

„Egal“, sagte Wogan und wehrte Mohsen gestikulierend ab. „Das ist keine Antwort auf meine Frage. Warum *ist* es passiert, Charlie?“

„Ich weiß es nicht“, antwortete Charlie. „Aber ihr müsst mir helfen, das herauszufinden. Und Flora auch.“

„Nein. Nicht Flora. Bitte nicht“, stöhnten Mohsen und Wogan.

Flora Fawner war Charlies andere beste Freundin.

„Sie wird alles vermasseln. Sie ist verrückt“, bettelte Mohsen.

„Sie ist nicht verrückt“, entgegnete Charlie halbherzig.

Wogan stöhnte wieder. „Ja, na klar. Ganz bestimmt.“

„Ja, sie ist *total* und *absolut* hundertprozentig normal“, spottete Mohsen.

„Na ja, sie ist unsere Freundin. Und sie ist mutig“, stellte Charlie fest.

Da konnten Mohsen und Wogan ihm nicht widersprechen. Sie war bei Weitem die Mutigste der vier.

Letzten Sommer war eine Biene durch das Fenster in den Schuppen geflogen, in dem sie gerade spielten. Charlie, Mohsen und Wogan waren schreiend rausgerannt. Flora hatte eiskalt einen Becher genommen, total gelassen die Biene damit gegen das Fenster gefangen, hatte ein Stück Papier genommen, es zwischen Fensterscheibe und

Becher geschoben und den Becher mit der darin gefangenen Biene wieder abgehoben, war langsam die Treppe zur Eingangstür hinuntergestiegen und hatte die Biene in die Bienenfreiheit entlassen. Die Jungs hatten sie voller Bewunderung und mit offenem Mund angestarrt.

Jedes Mal, wenn ein Fiesling auftauchte, ging Flora dazwischen. Wer hatte es geregelt, als ein paar Jungs aus der Klasse über ihnen Mohsen in jeder Pause den Müsliriegel abgenommen hatten? Flora. Sie war nicht gewalttätig geworden – sie war einfach nur zum Anführer der Bande geschlendert und hatte ihm etwas ins Ohr geflüstert. Der Junge war blass geworden und sofort weggerannt. Er hat Mohsen nie wieder belästigt, und sie hatten nie herausgefunden, was sie ihm ins Ohr geflüstert hatte.

Flora war vielleicht verrückt, aber sie war auf jeden Fall mutig. Sie brauchten Flora.

Und als sie das Klassenzimmer betraten, saß sie vergnügt alleine da. Heute trug sie fünf verschiedenfarbige Haarreifen, zwischen denen die wuscheligen Köpfe von ein paar kleinen Spielzeugtrollen hervorlugten, die sie darunter geklemmt hatte. Flora hatte die Haare der kleinen Trolle schwarz gefärbt.

„Siehst du!“, sagte Mohsen und kreiste mit dem Finger neben seiner Stirn. „Verrückt.“

Charlie musste zugeben, dass sie tatsächlich ein klein bisschen verrückt aussah.

Zwischenkapitel

Vielleicht ist dir inzwischen aufgefallen, dass es keine Beschreibung von Charlie in diesem Buch gibt. Es gibt Zeichnungen von ihm in diesem Buch, aber so sieht er nicht IN ECHT aus. Man nennt das „künstlerische Freiheit“. So stellt sich ein anderer vor, wie Charlie aussieht.

Vielleicht stellst du ihn dir vollkommen anders vor. Vielleicht hast du bereits ein ganz klares Bild von ihm im Kopf.

Schließ deine Augen und versuche dir vorzustellen, wie Charlie aussieht.

Eigentlich ist das eine blöde Idee. Schließ deine Augen nicht, sonst kannst du das Buch nicht mehr lesen.

Lass deine Augen ganz, ganz weit offen und versuch dir vorzustellen, wie Charlie aussieht.

Vielleicht hast du dir vorgestellt, dass er blaue Augen und blonde Haare hat.

Falsch!

Vielleicht hast du dir vorgestellt, dass er groß und stark ist und eine coole Igelfrisur hat.

Falsch!

Vielleicht hast du dir vorgestellt, dass er lilafarbene Haare und einen großen, haarigen Schnurrbart hat.

Ganz falsch.

Ihr liegt alle ganz falsch (bis auf Evie Schönwetter, wohnhaft in der Gnu-Straße 27, in Strullendorf. Gut gemacht, Evie!)

In Wahrheit stimmen ALLE diese Beschreibungen. Charlie sieht aus, wie immer du *willst*, dass er aussieht. Vielleicht sieht er aus wie das Gesicht, das dir aus dem Spiegel zurückwinkt. Vielleicht sieht er wie dein Bruder aus. Eigentlich ist es egal, wie ich ihn beschreibe. Wichtig ist nur, wie du ihn dir vorstellst.

Also nur zu, stell dir Charlie weiter so vor, wie du willst.

Eben wird mir klar, dass es dadurch sehr schwierig wird, sich als Charlie zu verkleiden. Also verrate ich dir eine Sache über ihn, die *wirklich* stimmt:

Auf seiner Stirn hat er eine Narbe in Form eines Blitzes.

Was soll das heißen, auf die Idee ist schon jemand anderer vor mir gekommen??

Es ist nicht leicht, sich Bücher auszudenken, weißt du? Versuch du doch, eins zu schreiben.

Egal, zurück zu Kapitel 3.

Kapitel 3 (Fortsetzung)

Also … bist du wie Spiderman?“, sagte Flora ernst und runzelte nachdenklich die Stirn. Sie hatten alle auf dem Schulhof, in der Nähe des hölzernen Klettergerüstes, die Köpfe zusammengesteckt.

„Nein!“, antwortete Charlie und schlug sich gegen die Stirn. „Das haben wir schon durchgekaut. Ich war alles andere als Spiderman. Ich war eine Spinne. Ich habe mich in eine Spinne verwandelt.“

„Hmm“, antwortete Flora, tief in Gedanken versunken. „Und du bist dir sicher, dass du nicht geträumt hast?“

„Natürlich bin ich mir sicher!“, sagte Charlie,

eindeutig genervt. „Fast hätte mich Vorsitzender Miao gefressen!“

„Und es ist passiert, nachdem du deinen Bruder im Krankenhaus besucht hast?“

„Ja! Gleich danach.“

„Hmm.“ Flora rieb sich das Kinn und dachte angestrengt nach. „Hmm.“

„Was soll das heißen: ‚Hmm‘?“

„Dieses Geräusch machen Menschen, wenn sie nachdenken“, sagte Flora mit einer Wie-kann-man-das-nicht-wissen-Stimme. „Hast du noch nie jemanden sagen hören …“

„Doch, ich kenne die *Bedeutung* von ‚hmm‘. Ich meinte, was wolltest du damit sagen, als du hmm gemacht hast. Du hast zweimal hmm gemacht.“

„Ach so! Verstehe. Also“, antwortete Flora mit vielsagendem Blick, „ich glaube, ich weiß, was die Ursache ist.“

„Du weißt es?“, sagte Mohsen mit großen Augen. Mohsen machte oft große Augen.

„Du weißt es?“, sagte Wogan mit normal großen Augen.

„Du weißt es?“, fragte Charlie mit zu Schlitzen verengten Augen.

Ganz allgemein fand ziemlich viel Augen-Action statt.

„Tue ich. Ist doch glasklar."

„Also gut, Miss Klugscheißerin, was geht hier vor?", sagte Mohsen und verschränkte die Arme.

„Also, Charlie, du hast dich in eine Spinne verwandelt, gleich nachdem du aus dem Krankenhaus gekommen bist, richtig?"

Charlie nickte. „Yep."

„Tja ... ich glaube, als du deinen Bruder besucht hast, hast du dich auf eine Spritze gesetzt und dir aus Versehen irgendein verrücktes Medikament in den Po gespritzt."

„Ich soll mich auf eine ...? Ich glaube, es wäre mir aufgefallen, wenn ich mich auf eine Nadel gesetzt und mir ein verrücktes Medikament in den Po gespritzt hätte!"

„Nicht unbedingt", sagte Mohsen ernst. „Ich habe mal eine Spritze in den Po bekommen und es kaum gespürt."

„Ganz genau!" Flora schlug sich mit der Faust in die Handfläche.

„Das ist total verrückt!", rief Charlie fassungslos.

„Nicht verrückter, als sich in eine Spinne zu verwandeln“, erwiderte Flora schnell.

Wogan und Mohsen stimmten ihr feierlich nickend zu.

„Okay, dann erklär mir eins.“ Charlie streckte seinen Zeigefinger in die Luft, um seinen Punkt zu unterstreichen. „Erklär mir nur eins … WARUM SOLLTE ES IN EINEM KRANKENHAUS VERRÜCKTE MEDIKAMENTE GEBEN, DIE MENSCHEN IN SPINNEN VERWANDELN?“

Diese Frage wurde mit allgemeinem Schweigen beantwortet.

„Da hat er einen Punkt …“, sagte Mohsen.

„Vielleicht …“, sagte Wogan. „Vielleicht war es ein Medikament, das Spinnen in Menschen verwandeln sollte und … ach was, vergiss es!“

„Tja, keine Ahnung!“ Flora hielt die Hände hoch. „War nur ein Vorschlag. Ich glaube, das Einzige, was wir tun können, ist, dich so gut es geht im Auge zu behalten, damit wir dich vom Boden aufheben und beschützen können, sollte es noch mal passieren. Und auf keinen Fall sollte es während des Schultheaters passieren.“

In ein paar Wochen sollte Charlie in einer

Hauptrolle als Traurige Kartoffel Nummer 1 beim Schultheaterstück auftreten.

Ja, richtig gehört. Traurige Kartoffel Nummer 1.

Charlie stöhnte. „Oh, nein! Daran hatte ich noch gar nicht gedacht. Was, wenn ich mich vor der ganzen Schulte in eine Spinne verwandle?“

„Keine Sorge.“ Flora tätschelte beruhigend

Charlies Hand. „Wahrscheinlich wird es nicht noch einmal passieren."

„Ja. Ich bin mir ganz sicher, dass es nicht noch einmal passieren wird. Aber wir sollten dich auf jeden Fall im Auge behalten", sagte Mohsen vernünftig. „Du weißt schon … nur für den Fall. Das können wir allerdings nicht, wenn du zu Hause bist. Also musst du es deinen Eltern erzählen."

„Ich kann es meinen Eltern nicht erzählen", rief Charlie. „Ich habe schon versucht, es meiner Mum zu erzählen, aber sie hat mir nicht geglaubt. Und wo ich darüber nachdenke, ich *will* es ihnen auch gar nicht erzählen. Sie haben genug Probleme. Okidoki hat bald seinen großen Scan, und ich glaube, sie machen sich ziemlich Sorgen. Falls er nicht gut ausfällt, muss er *noch einmal* operiert werden und dann muss er vielleicht noch ewig im Krankenhaus bleiben."

Eine Weile lang sagte keiner etwas.

„Hör mal", sagte Flora. „Wenn du darüber reden willst, sind wir für dich da."

Mohsen und Wogan nickten.

„Nein", antwortete Charlie schnell und blinzelte. „Danke. Falls es wieder passiert, muss ich einfach nur sicherstellen, dass ich die Tür schließe, damit Vorsitzender Miao und Der große Katzby* nicht reinkönnen."

Alle waren sich einig, dass das ein sehr vernünftiger Plan war.

Aber Charlie hätte sich gar keine Sorgen darüber machen müssen, sich zu Hause in eine Spinne zu verwandeln. Worüber er sich Sorgen hätte machen *müssen*, war, sich in der Schule in eine Taube zu verwandeln.

Denn genau das passierte ein paar Tage später.

---

* Der große Katzby war Charlies anderer Kater. Aber er war unglaublich faul und tat nichts weiter als fressen und in einem Pappkarton oben auf dem kleinen Kühlschrank in der Küche hocken. Es war sehr unwahrscheinlich, dass Der große Katzby seine Box verlassen würde, und schon gar nicht, um nach oben zu rennen und eine Spinne zu fressen.

Kapitel 4

Etwa eine Woche lang war alles ruhig geblieben. Charlie hatte sich in kein Tier verwandelt. Schule war immer noch Schule. Seine Erziehungsberechtigten erzogen ihn immer noch. Okidoki war *immer noch* im Krankenhaus und wartete auf seinen Scan. Wogan und Mohsen hatten immer noch ein wenig Angst vor Flora.

Aber an einem langweiligen Mittwochnachmittag, während eines Mathetests, passierte es wieder.

„Hey, Charlie!"

Das war Dylan. Dylan van der Gruyne war der Klassenfiesling und er hasste Charlie mehr als jeden anderen an der Schule.

„Hey, Charlie!“, flüsterte Dylan noch einmal laut.

„Was ist?“, flüsterte Charlie zurück und wusste, was kommen würde, denn er sprach mit Dylan und Dylan sagte zu niemandem je etwas Nettes.

„Du riechst wie ein Froscharsch!“

Dylan kicherte in sich hinein.

„Nein, tue ich nicht. Und wie riecht ein Froscharsch überhaupt? Vielleicht riecht er ja gut.“

Schon während Charlie das sagte, wurde ihm klar, dass das wahrscheinlich nicht die cleverste Antwort gewesen war.

„Hey, Teddy!“, zischte Dylan dem Jungen neben ihm zu. Teddy war Dylans bester Freund. Er wohnte in einem großen Haus und seine Mum fuhr einen großen Range Rover, aber Teddy durfte sie nie Mum nennen – Teddy musste sie bei ihrem Vornamen rufen, Lou-Lou. „Charlie glaubt, dass Froschärsche gut riechen. Charlie schnüffelt an Froschärschen!“

Teddy prustete los.

„WASSOLLDASIHRSCHREIBTEINENTEST UNDICHHABEUMRUHEGEBETEN.“

Das war der Lehrer, Mr Wind. Arthur Wind war

echt alt – über vierzig – und er hatte graue Haare und war meistens ziemlich nett, außer wenn:

a. seine Fußballmannschaft, Birmingham United, verlor.

b. die Schuldirektorin Ms Fire krankgeschrieben war.

c. jemand während eines Tests lachte, während er Nachrichten von seinem Handy verschickte (wahrscheinlich an Ms Fire, aber ganz sicher sind wir uns da nicht).

Sie schrieben einen Test und Mr Wind war an seinem Handy.

„IHRWISSTDASSICHUMRUHEGEBETEN HABEABERICHHÖREGEKICHERWASUMALLES INDERWELTISTHIERLOS.“

Immer wenn Mr Wind wütend war, redete er sehr schnell und ohne Punkt und Komma. Was er tatsächlich sagte, war:

„Ihr wisst, dass ich um Ruhe gebeten habe, aber ich höre Gekicher. Was um alles in der Welt ist hier los?“

Keines der Kinder antwortete darauf.

„Wenn ich noch einen Mucks von jemandem

höre, dann ist derjenige schneller bei Ms Fire, als er sich umgucken kann, und darf sich vor ihr rechtfertigen."

Ms Fire war groß, schick gekleidet und hatte hoch toupierte Haare. Wenn sie lächelte, was sie nur tat, kurz bevor sie vor Wut explodierte, gaben ihre gefletschten Lippen den Blick frei auf blasses Zahnfleisch und furchterregende Zahnreihen. Viele Zähne, die dafür geschaffen waren, ganze Stücke Fleisch von Oberschenkelknochen zu reißen.

In ihrem Büro war es immer warm und stickig, sodass den Kindern, während sie dort standen und ängstlich darauf warteten, dass sie angesprochen wurden, Schweiß den Rücken hinunterkribbelte. Die drückende Hitze war außerdem perfekt für die vielen Orchideen, die überall in ihrem Büro verteilt waren. Die Orchideen waren Ms Fires Babys und sie schien sich sehr viel mehr um sie zu kümmern als um die Kinder in ihrer Schule. Die Hitze und die Orchideen verliehen dem Büro ein gewisses Dschungelflair: feuchtwarm, unangenehm und man konnte von Glück sagen, wenn man lebendig herauskam.

Kurz darauf traf Charlie etwas am Hinterkopf. Was auch immer es gewesen war, ein zweites folgte, prallte von Charlies Ohr ab und landete auf dem Fußboden. Es war ein Papierkügelchen.

Ein weiteres traf ihn im Nacken.

Dylan benutzte einen Gummi als Katapult und beschoss ihn mit Papierkügelchen.

Charlie fuhr herum. „Hör auf, Dylan!“, flüsterte er.

Dylan grinste. Ein Grinsen, das bedeutete: Ich werde auf keinen Fall damit aufhören, aber vielen Dank für dein Feedback.

Charlie wandte sich wieder seinem Test zu.

Gleich darauf traf ihn ein weiteres Geschoss. „Hör einfach auf damit!“, flüsterte Charlie einen Tick zu laut.

„OKAYWERWARDAS“, brüllte Mr Wind.

Blitzschnell antwortete Dylan: „Es war Charlie, Sir. Er versucht, mich abzulenken.“

„OKAY, CHARLIE MCGUFFIN, ICH HABE

DICH GEWARNT. DU KENNST DEN WEG ZU MS FIRES BÜRO.“

Charlie wollte protestieren. „Aber, Sir …“

„Jetzt sofort, McGuffin!“ Mr Wind deutete auf die Tür.

Charlie gab sich wirklich Mühe, aber er konnte es nicht verhindern, dass das Prickeln in seinen Augen sich auf dem Weg zur Tür in Tränen verwandelte. Er riskierte einen Blick zu Flora, die ihm mitfühlend zulächelte, und das war's – die Tränen begannen zu fließen. Als er die Tür hinter sich schloss, spürte er Dylans selbstgefälliges Lächeln in seinem Rücken.

Mit gesenktem Kopf trottete Charlie den Flur entlang. Zu Ms Fire geschickt zu werden, bedeutete einen Elternbrief.

Sie hatten schon genug Sorgen mit seinem Bruder und jetzt hatte er auch noch Megastress in der Schule. Er sah bereits die Enttäuschung in ihren Augen. Bei dem Gedanken verkrampfte sich sein Magen und sein Herz begann wie wild zu pochen.

Und da fing sein linkes Auge an zu zucken.

Charlie dachte sich nichts dabei, bis das Zucken auf sein anderes Augen übersprang. Da begriff er entsetzt, was jetzt kommen würde. Er verwandelte sich wieder.

Das Gefühl entfaltete sich in seinem ganzen Körper wie eine elektrische Blume. Es explodierte in seinem Inneren. Jede Faser seines Körpers stand in Flammen, aber mit einem Feuer, das durch seine Venen und Arterien gequetscht und gedrückt wurde und durch jede Pore seiner Haut wieder nach draußen drang.

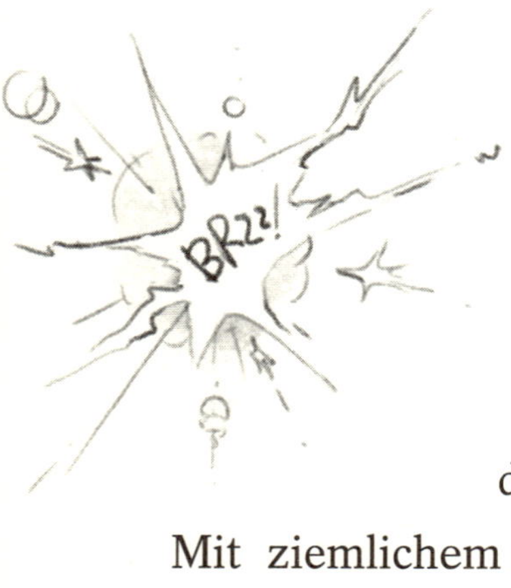

Mit ziemlichem Schrecken sah Charlie, dass ihm Federn wuchsen. *Federn!* Und der Fußboden kam rasend schnell näher, was bedeutete, dass er schrumpfte. Seine Beine wurden dürr und am Ende der dürren Beine befanden sich rote Füße.

Und mit einem Flattern stellte er fest, dass er Flügel hatte. Er hatte *Flügel.*

Plötzlich drang ein Schrei an seine Ohren.

Ms Fire kam mit großen Schritten und einem angeekelten Gesicht auf ihn zu.

Charlie flatterte panisch und Ms Fire stieß einen weiteren angewiderten Schrei aus. Sie hatte ihre Arme ausgebreitet und versuchte, ihn in die Ecke zu drängen.

Plötzlich öffnete sich eine Tür neben ihm. Es war Maisie Wand von der 1d, und kaum dass sie Vogel-Charlie entdeckt hatte, rannte sie kreischend den Flur hinunter. Die Tür fiel langsam wieder ins Schloss, aber Charlie sah seine Chance und flatterte schnell hindurch.

Es war eine Toilette. Mit einem weiteren Flügelschlag hüpfte Charlie auf den Rand des Waschbeckens. Und dort blickte Charlie ein Vogel aus dem Spiegel entgegen – ein plumper grauer Vogel mit einem schimmernden lila-grünen Hals.

Charlie war eine *Taube*.

Die Tür flog auf, Ms Fire stolzierte herein und schob sich an Charlie vorbei, um das Fenster zu öffnen. Dann wedelte sie mit den Armen vor ihm herum, um ihn nach draußen zu scheuchen.

Charlie brauchte keine weitere Einladung. Mit einem Flügelschlag war er beim Fenster und mit einem weiteren war er draußen und auf dem Schulhof.

Er war frei! Er war entwischt!

Er war eine *Taube*!

Charlie ließ sich auf dem Asphalt nieder, trippelte mit nickendem Kopf vorwärts und wusste nicht so recht, was er mit sich anfangen sollte. Doch bevor er Zeit hatte, darüber nachzudenken, erschreckte ihn ein plötzliches Flattern beinah zu Tode.

Neben ihm war eine andere Taube gelandet. Unruhig lief sie mit nickendem Kopf und schimmernden Halsfedern um ihn herum. Sie hatte knotige Zehen und einer ihrer Füße war nur noch ein Stumpen, wie ein Klumpen Popcorn. Ihre Augen, ein flammendes Orange in kleinen schwarzen Löchern, starrten ihn – unmissverständlich ihn – direkt an. Die Taube gurrte, tief und leise, und Charlie stellte völlig entsetzt fest, dass sie mit ihm *sprach*. Er verstand *Taubnerisch*. Und die ersten Worte, die die andere Taube zu ihm sagte, waren:

„'allo, du wunderschöne, entzückende kleine Taube. Mein Name ist Jean-Claude. Isch bin ein Täuberich. Und isch 'abe misch in disch verliebt."

Charlie war sich nicht sicher, ob er ihn richtig verstanden hatte.

„Ich ... wie bitte?", antwortete Charlie. Tatsächlich gurrte Charlie, was ihn ziemlich überraschte.

„Isch sagte, mein Name ist Jean-Claude, der Täuberich. Und isch 'abe mich in dich verliebt. Du bist die wunderschönste Taube, die isch je gesehen ’abe. In der letzten Minute.“

Charlie wünschte sich, er verstünde kein Taubnerisch.

„A-aber…“, stammelte Charlie und rückte von Jean-Claude ab.

„Kein ‚aber‘, *mon petit pigeon*“, gurrte Jean-Claude und rückte näher. „Die Tauben werden sich noch viele Jahre lang von unserer Liebe erzählen. Es ist eine Geschichte so alt wie das Leben – ooh, schau nur! Was sehe isch da?“ Jean-Claude richtete seine Knopfaugen auf den Boden. „Ein leckeres, schmackhaftes Futter’äppchen!“ Jean-Claude pickte etwas auf und kaute eine Weile darauf herum. Es war ein kleiner Kieselstein. „Ah! Vielleischt doch nicht so köstlich. Nicht so köstlich wie du, meine wunder’übsche, reizende Taube. Flieg fort mit mir!“

„Aber wir haben uns eben erst kennengelernt!“, gurrte Charlie erschrocken.

„Ach, was ist schon Zeit? Zeit ist eine Illusion! Sie ist so unberechenbar wie… oh, schau nur!“ Jean-Claude stierte wieder zu Boden. „Ein leckeres, schmackhaftes Futter’äppchen!“

Jean-Claude pickte etwas auf.

Es war ein alter Kaugummi, der an seinem Schnabel festklebte.

„Mmpf! Mhleicht moch mich moh mecker mie memacht!“

Es folgte ein kleiner Kampf, in dem Jean-Claude versuchte, den Kaugummi wieder loszuwerden. Schließlich hatte er Erfolg.

„Ich sagte: ‚Ah! Vielleischt doch nicht so lecker wie gedacht‘“, sagte er und schüttelte wie wild seinen Fuß, an dem der Kaugummi nun an einer seiner Krallenspitzen klebte. „Egal! Wir haben genug Zeit verschwendet. Wir müssen uns beeilen …“

Weiteres Geflatter ließ Charlie und Jean-Claude zusammenzucken.

Es war eine zweite Taube. Sie sah schmuddelig aus und hatte fettige Federn. Und sie sah Charlie aus knopfäugigen Augen und mit schnabeligem Schnabel direkt an.

„*Bonjour*! Mein Name ist Antoine! Ich bin ein Täuberich. Und ich habe mich in dich verliebt, meine federzarte kleine Taube.“

„Ach, um Himmels willen!“, rief Charlie.

„Außerdem halte ich Ausschau nach jedem noch so kleinen Futterhäppchen. Vor allem suche ich nach Brotkrumen", sagte Antoine, der Täuberich.

„'altet Euch zurück, Monsieur Antoine! Diese Taube gehört mir!" Jean-Claude flatterte erbost auf. „Wir sind schon seit Minuten verliebt! Und mir gehören auch alle Krumen in diesem speziellen Bereich."

Antoine lief aufgeregt auf und ab. „*Monsieur*, Ihr seid nicht der König der Brotkrumen! Und Ihr seid nicht der König des Herzens dieser superben Taube, denn das bin ich, Antoine, der Täuberich, Krumenpicker und…"

In diesem Augenblick kündigte ein plötzliches Flattern die Ankunft einer – ja, richtig geraten – NOCH einer Taube an.

„Hat hier jemand was von Brutkrumen gesagt? Ich bin… *zut alors*!" Die neue Taube trippelte mit nickendem Kopf auf Charlie zu. „Aber wer bist du denn? Wir müssen zusammen davonfliegen, du und ich! Eine Liebe wie die unsere kann nicht warten! Aber zuerst müssen wir Brotkrumen naschen!"

„Fort mit dir, neuer Täuberich! Diese wunderschöne Taube und alle Krumen in diesem ganzen Bereich gehören mir!" Jean-Claude flatterte aufgeregt.

„Wie kannst du es wagen?", gurrte Antoine und plusterte seine Brust auf. „Das ist MEINE Taube. Aber ich wäre bereit darüber zu diskutieren, die Krumen in diesem ganzen Bereich zu teilen."

Als ein hitziger Streit ausbrach, nutzte Charlie

die Gelegenheit, um zu entwischen. Mit nickendem Kopf rückte er so vorsichtig wie möglich von den sich zankenden Tauben ab. Er schaffte es ein paar Meter, ohne dass sie ihn bemerkten. Doch dann drehten sich alle Tauben gleichzeitig um.

„Ma chérie!“

„Geh nicht! Ich bin nur ein närrischer, verliebter Täuberich!“

„Wir müssen zusammen fortfliegen, du und ich, ins Taubenparadies!“

Die drei Tauben stolzierten bedrohlich auf Charlie zu.

Charlie wackelte rückwärts von ihnen weg.

Sie stolzierten schneller, umzingelten ihn jetzt.

Charlie bekam Panik, so wie immer in letzter Zeit, und er flatterte mit den Flügeln.

Er hob ab. Er flatterte noch etwas mehr und stieg höher in die Luft. Doch die anderen Tauben flogen ebenfalls auf.

„Komm zurück! Wir fliegen gemeinsam!“, riefen sie einstimmig.

Charlie schlug kräftiger mit den Flügeln und erhob sich jetzt über die Schule. Doch die anderen folgten ihm, flatterten um Charlie herum, versuchten ihn nach unten zu zwingen. Charlie quetschte sich zwischen den ihn umkreisenden Tauben hindurch und stieg noch höher hinauf.

„Brotkrumen!“, schrie Antoine plötzlich. „Ich bin mir sicher, ich sehe Brotkrumen auf dem Schulhof unter uns!“

„Wir müssen die köstlichen Krumen aufpicken!“, riefen die anderen Tauben im Chor.

Und damit flogen alle drei Tauben zum Boden und fingen an zu picken, sodass Charlie jetzt alleine flog.

Er flog.

Charlie *flog*.

Ein freudiger und erstaunter Schauder durchlief ihn, als er feststellte, dass er jetzt hoch über der Schule schwebte. Er schlug kräftiger mit den Flügeln und der Wind pfiff durch seine Federn. Charlie flog höher und höher, vollkommen frei, sein Herz wollte vor Freude schier platzen.

Stille. Kein Verkehrsrauschen mehr, nur noch das Geräusch der sanften Brise, die ihn trug, war zu hören.

Charlie hatte sich noch nie in seinem Leben so ausgelassen und glücklich gefühlt.

Unter ihm spürte er mehr, als dass er sie sah, eine Landkarte, eine magnetische Karte, ein Feld aus Linien, die ihn sanft in die eine oder andere Richtung zogen.

Er flog höher hinauf zu den dicken weißen Wolken. Die Luft roch eiskalt und frisch.

Weit unter ihm sah die Stadt winzig aus. Felder erstreckten sich bis zum Horizont. Der Erdboden krümmte sich leicht in der Ferne.

Dort schwebte Charlie, schlug leicht mit den Flügeln, getragen von den Luftströmungen, eine Meile über dem Erdboden.

Darum war es wahrscheinlich der denkbar schlechteste Augenblick, zu fühlen, wie ein Stromschlag durch ihn hindurchschoss. Ein Stromschlag, der nur eins bedeuten konnte.

Charlie verwandelte sich.

Zurück in einen Jungen.

Eine Meile über dem Erdboden.

Diesmal hatte Charlie keine Zeit, Panik zu schieben. Er wusste, dass er etwas unternehmen musste, und zwar sehr, sehr, sehr schnell.

Er klappte seine Flügel ein, richtete seinen Schnabel gen Erde und ging so schnell er konnte in den Sturzflug.

Ungebremst stürzte er mit tränenden Augen abwärts.

Noch 500 Meter …

Er spürte, wie sich sein Gesicht veränderte. Seine Füße verwandelten sich.

Da war die Schule, sie schrie ihm entgegen.

300 Meter …

Er fühlte, wie seine Federn verschwanden.

Nicht mehr weit bis zum Erdboden. Er sauste abwärts. Er musste abbremsen. Oder der Aufprall wäre das Letzte, was er noch erleben würde.

Noch 200 Meter …

Er breitete seine Flügel aus, versuchte langsamer zu werden und tauchte wieder aus dem Sturzflug auf.

100 Meter …

Ein Ruck nach oben.

50 Meter …

flap!
flap!
Yeah!
BRRZL!
!?
WTF?

Er fühlte, wie seine Flügel verschwanden.

25 Meter …

Er musste landen. Er musste …

Charlie prallte auf die Erde und rollte. Und dann lag er einfach da und sah zum Himmel hinauf, in dem er eben noch geflogen war. Er war sich nicht ganz sicher, ob er noch lebte. Es hatte fast den Anschein – er beobachtete, wie die Wolken über den Himmel zogen, und sein Po schmerzte an der Stelle, auf die er aufgeprallt war, aber er atmete.

Er versuchte, sich aufzusetzen. Er war gerade so davongekommen. Er sah sich um. Wie durch ein Wunder war er auf der Schulwiese gelandet, ganz in der Nähe der Fahrrad- und Rollerständer.

„Charles McGuffin, was hast du hier draußen zu suchen?!"

Aus der offenen Tür wurde gebrüllt. Und das Brüllen kam von Ms Fire. Sie hatte ihre Hände in die Hüften gestemmt und ihre wild gewordene Haartracht wurde mit jeder Sekunde wilder.

„Los, Junge, steh auf! Warum um Himmels willen sitzt du hier einfach auf dem Boden rum? Wo warst du? Mr Wind hat dich vor einer EWIGKEIT in mein Büro geschickt! Du steckst in ERNST-

HAFTEN Schwierigkeiten, junger Mann! KOMM SOFORT MIT MIR MIT."

Eine halbe Stunde später betrat Charlie seine Klasse wieder, Ms Fires wütende Strafpredigt schallte noch immer in seinen Ohren und in seiner Tasche steckte eine Mitteilung an seine Eltern, die sie unterschreiben mussten. Bei dem Gedanken daran, zu Hause die Nachricht von dem vielen Ärger zu überbringen, den er sich eingehandelt hatte, wurde ihm schlecht. Seine Mum und sein Dad hatten schon genug Sorgen, ohne dass er noch etwas draufpackte. Er hatte sie enttäuscht. Er konnte nicht anders – er spürte, wie ihm wieder Tränen in die Augen schossen. Dass Dylan ihn mit einer Mischung aus Schadenfreude und Fassungslosigkeit anstarrte, machte das Ganze auch nicht gerade besser.

Auch Wogan, Mohsen und Flora blickten zu ihm und fragten sich natürlich, was passiert war. Er würde es ihnen später erzählen. Charlie ließ sich auf seinen Platz fallen, starrte zur Tafel und versuchte sein Gesicht zu verbergen, während die Tränen ihm heute schon zum zweiten Mal über die Wangen liefen.

Kapitel 5

Das darf nicht wahr sein! Es ist wieder passiert?", rief Wogan und rannte Charlie hinterher, der über den Schulhof davonstürmte.

„Ja", sagte Charlie niedergeschlagen.

„Während du auf dem Weg zu Ms Fire warst? Du hast dich in eine Taube verwandelt?"

„Ja!", sagte Charlie und klang frustriert.

„Hmm", sagte Flora.

„Oh, fang nicht schon wieder mit deinem Hmm an. Letztes Mal hat mir gereicht."

„Tja, aber so oder so müssen wir der Sache auf den Grund gehen."

„Nein, was wir wirklich tun müssen, ist, uns zu überlegen, wie wir meine Eltern davon abhalten, mich umzubringen, wenn sie die Elternmitteilung sehen." Charlie zog den Brief aus der Tasche. „Hört mal, was drinsteht: ‚Ungehorsam, Lügengeschichten, Ausflüchte und alle möglichen Arten von generellem Missverhalten.' Was soll ich jetzt tun? Ich bin tot."

„Gute Frage", sagte Wogan voller Tatendrang. „Okay, zuerst mal, wer ist Miss Verhalten? Ist sie eine neue Lehrerin? Und *generell*? Was hat ein General damit zu tun? Das müssen wir herausfinden."

Mohsen sah Charlie an und verdrehte die Augen. Charlie lächelte zum ersten Mal seit langer Zeit.

Die vier schwiegen für eine Weile, jeder hing seinen eigenen Gedanken nach, bis Flora die Stille durchbrach.

„Komisch, dass es passiert ist ...", Flora legte eine bedächtige Pause ein, „na ja, als du alleine warst. Schon wieder", fügte sie hinzu. „Es ist einfach, du weißt schon, ein bisschen seltsam."

Charlie verengte seine Augen. „Was meinst du mit ‚komisch'? Wieso seltsam?"

Mohsen und Wogan hielten den Atem an.

„Es ist nur, na ja, niemand sonst hat es bisher tatsächlich *gesehen*“, sagte Flora langsam und vorsichtig.

„Ich wusste es!“, brüllte Charlie. „Du glaubst mir nicht! Du glaubst, dass ich lüge!“

„Ich glaube nicht, dass du lügst!“, protestierte Flora.

„Doch, tust du! Ich kann nicht fassen, dass nach allem, was passiert ist, einer meiner besten Freunde glaubt, dass ich alles nur erfinde.“

„Das tue ich nicht!“

„Was glaubst du DANN?“

„Na ja, hast du schon mal darüber nachgedacht, dass du vielleicht nur *glaubst*, dass es passiert? Vielleicht spielt dein Verstand dir einen Streich? Das Gehirn ist ein seltsames Ding, und ich weiß, dass du *glaubst*, dich in eine Spinne und eine Taube verwandelt zu haben, aber vielleicht ist es nicht … in echt … passiert?“

Die vier verfielen wieder in Schweigen.

Charlie sah total wütend aus.

Flora sah aus, als hätte sie ihrem zwei Jahre alten Hamster Rollo gerade mitgeteilt, dass Hamster normalerweise nur zwei Jahre alt werden.

Mohsen und Wogan sahen entsetzt aus.

„Also ihr zwei seid ziemlich still. Was denkt ihr? Glaubt ihr mir?“ Charlie starrte Mohsen und Wogan böse an.

Mohsen und Wogan nuschelten irgendetwas und zuckten mit den Achseln. Nervös blickten sie auf ihre Füße.

Mit hochrotem Gesicht fuhr Charlie sie an.

„Na toll. Ganz fantastisch. Keiner meiner sogenannten besten Freunde glaubt mir. Wisst ihr was, ihr könnt alle ohne mich weiter befreundet sein.“

Und damit stürmte Charlie auf die andere Seite des Schulhofes davon.

Wutschnaubend setzte er sich auf eine leere Bank und grummelte leise vor sich hin. Und während er dort saß und ein paar Zweitklässlern beim Kicken zuschaute, verwandelte sich seine Wut in etwas viel, viel Schlimmeres.

Einsamkeit.

Er hatte ein leeres Gefühl im Bauch und gleichzeitig den Eindruck, er wäre vollgestopft mit sich windenden Würmern. In seinem Kopf hämmerte es, sein Gesicht war heiß und in seinen Augen standen wieder Tränen. Er wollte von seiner Mum in den Arm genommen werden oder mit Mohsen *Pokémon* spielen oder mit Flora Fußball oder mit Wogan zum Spaß kämpfen oder Okidoki besuchen oder irgendetwas anderes tun, irgendetwas, damit dieses schreckliche Gefühl verschwand.

Nichts ist einsamer, dachte Charlie niedergeschlagen, *als alleine auf einem Schulhof voller Schüler zu sitzen.* Er schloss die Augen – wenn auch nur, um heute nicht zum dritten Mal loszuheulen.

„Ich habe dich gesehen."

Erschrocken fuhr Charlie herum.

Es war Dylan.

„Was *willst* du?“, sagte Charlie. Und gerade hatte er noch gedacht, der Tag könnte nicht noch schlimmer werden.

„Ich habe dich gesehen“, sagte Dylan noch einmal.

„Was meinst du damit, du hast mich gesehen?“, sagte Charlie mit argwöhnisch verengten Augen.

„Du weißt, was ich meine“, antwortete Dylan.

„Äh, nein, ich habe echt keine Ahnung“, sagte Charlie, dessen Stimmung sich mehr und mehr verdüsterte.

„Doch, du *weißt* es.“

„Hör mal. Wenn ich es wüsste, würde ich nicht fragen, nicht wahr?“

„Wenn du mich noch einmal Wichthaar nennst, hau ich dir eine rein.“

„Was?! Ich habe dich nicht Wichthaar genannt! Ich meinte ‚nicht wahr?‘!“

„Da, du sagst es schon wieder. Egal, der Punkt ist: Ich. Habe. Dich. Gesehen.“

„WANN HAST DU MICH GESEHEN?“, schrie Charlie.

„Als du aus dem Himmel gefallen bist“, sagte Dylan.

„Oh! *Das* hast du gesehen!“, rief Charlie erleichtert. Nicht nur kapierte er endlich, wovon Dylan die ganze Zeit redete, jetzt hatte er auch den Beweis dafür, dass er nicht wahnsinnig wurde.

„Was hast du denn gedacht, wovon ich rede? Hast du noch etwas gemacht, worüber es sich lohnen würde zu reden?“

„Ich glaube nicht.“

„Ganz genau. Also, nachdem du zu Ms Fire geschickt wurdest, habe ich aus dem Fenster gestarrt und da ist dieses Ding einfach aus dem Himmel gefallen. Es hatte Flügel, aber dann plötzlich nicht mehr, und es war zu groß für einen Vogel, und dann knallte es auf die Erde und setzte sich auf und dann sah ich es. Sah, dass du es warst. Ich meine, ich habe immer gewusst, dass du ein Freak bist, aber ich hatte keine Ahnung, was für einer.“

„Ich fass es nicht! Endlich hat jemand gesehen, wie ich mich verwandelt habe! Ich dachte schon, ich drehe durch.“

„Beruhige dich, Freakie. Also, kannst du dich in alles verwandeln, was du willst?“

„Ich wünschte, es wäre so“, sagte Charlie. „Irgendwie verwandele ich mich wahllos in Tiere. Ich kann es nicht kontrollieren. Es ist echt sinnlos. Nicht gerade superheldenverdächtig, was?“

„Hmm. Vielleicht nicht.“ Dylan dachte kurz nach. „Hast du jemandem auf den Kopf gekackt, als du da oben warst?“

„Nein. Ich habe darauf gewartet, dass du aus der Schule kommst, aber bevor sich die Gelegenheit ergab, habe ich mich zurückverwandelt“, grinste Charlie.

Charlie sah ein widerstrebendes Lächeln über Dylans Gesicht huschen.

„Und keiner meiner Freunde glaubt mir.“

Dylan schnaubte. „Kein Wunder. Wenn ich es nicht selbst gesehen hätte, würde ich dich für verrückt halten.“

„Wahrscheinlich … Aber das ist jetzt auch egal. Du kannst ihnen erzählen, was du gesehen hast.“

„Ich fürchte, das kann ich nicht.“ Dylan schüttelte den Kopf und tat so, als wäre er traurig.

„Aber … Warum nicht?“

„Tut mir leid.“ Dylan drehte sich um, als würde er gehen wollen. „Es geht nicht.“

„Aber warum nicht?“

„Das liegt doch klar auf der Hand, Charlie. Wir hassen uns.“

„Ich hasse dich nicht! Ich meine, wir werden nie beste Freunde werden, aber… hassen?“ In Charlie machte sich langsam das mulmige Gefühl breit, dass es womöglich keinen Schlimmeren als Dylan hätte geben können, um Zeuge seiner Verwandlung zu werden.

„Ach, komm schon. Sieh der Wahrheit ins Gesicht. Du und ich, wir sind Erzfeinde. Das sind wir

schon immer gewesen. Und wir werden es immer sein. Und jetzt hast DU irgend so eine durchgeknallte Kraft. Und darum muss ich dich zerstören."

„Warum klingst du wie der Schurke aus einem Film?"

„Vielleicht muss ich einen Roboteranzug bauen oder Strahlung schlucken, um dich zu besiegen", sprach Dylan vor sich hin. „Ich muss mir ein Hauptquartier zulegen."

„Okay, das macht diese ganze Filmschurken-Sache nicht wirklich besser. Wir müssen keine Feinde sein, weißt du?"

„Oh, doch, das müssen wir", antwortete Dylan. „Wir *sind* Feinde, Charlie, und das dürfen wir nie vergessen. Es ist unsere Bestimmung, uns zu bekriegen. So funktionieren Geschichten eben nun mal und keiner von uns kann daran etwas ändern."

„Aber wir *müssen* nicht! Wir können *Freunde* sein."

„Ach, komm schon. Wo bleibt da der Spaß?" Dylan lächelte wölfisch und ging dann Richtung Klassenzimmer.

Charlie sah Dylan hinterher und schüttelte den Kopf. „Was für ein Vollpfosten."

Erst am nächsten Tag redete Charlie wieder mit Mohsen, Wogan und Flora. Er hatte einen miesen Abend zu Hause verbracht. Nachdem er seiner Mum und seinem Dad die Elternmitteilung überreicht hatte, hatte er Zimmerarrest und PlayStation-Verbot bekommen. Sie waren sehr, sehr böse gewesen.

„Ich bin enttäuscht von dir, Charlie McGuffin", hatte Charlies Dad gesagt. Und dabei hatte er sogar enttäuscht ausgesehen. Normalerweise war sein Vater immer gut gelaunt; sogar wenn er ihn ausschimpfte, sah Charlie immer ein Funkeln in Dads Augen. Aber seit Okidoki im Krankenhaus war, funkelten Dads Augen nur noch selten.

„Das sind wir beide. *Sehr* enttäuscht", sagte Charlies Mum. „Aber wir haben dich beide immer noch sehr lieb", fügte sie hinzu und schenkte Charlie ein warmes Lächeln, das ihm einen Kloß im Hals bescherte.

Charlie hatte den Rest des Abends in seinem Zimmer verbracht, sich in seinem Elend, seiner Wut und seiner Einsamkeit gesuhlt und noch schlimmer als all das zusammen – in seinem Schuldgefühl. In zwei Wochen stand der große Scan seines Bruders an, und Charlie war verzweifelt, weil seine Eltern wegen ihm sauer waren.

Als also am nächsten Morgen auf dem Schulhof als Erstes Mohsen, Wogan und Flora auf ihn zukamen, pochte sein Herz vor Freude. Zeigen konnte er ihnen das aber nicht.

„Hey", sagte Flora.

„Hey", sagte Charlie leise.

„Hey", sagten Mohsen und Wogan.

„Hey", antwortete Charlie.

„Also …", sagte Flora, „wir haben geredet, und wir dachten, dass wir uns vielleicht entschuldigen sollten."

„Ach ja?", sagte Charlie hoffnungsvoll. Die Entschuldigung war ihm eigentlich egal; er wollte nur seine Freunde zurückhaben.

„Wir hätten glauben sollen, was du erzählt hast. Wir hätten dir vertrauen sollen. Und es tut uns leid. Entschuldige."

„Ja", sagte Mohsen. „'tschuldigung."

„Sorry", sagte Wogan.

Charlies Herz schwoll an. Er hatte das Gefühl, dass es womöglich vor lauter Freude platzen könnte.

„Wisst ihr was? Ich bin euch nicht böse. Es IST verrückt. Ich würde mir auch nicht glauben. An eurer Stelle würde ich mich auch für durchgedreht halten. Also vergessen wir es einfach, okay? Und hey – ratet mal!“

„Was?“, antworteten sie alle aufgeregt.

„Ihr werdet nicht glauben, wer tatsächlich beweisen kann, dass meine Geschichte wahr ist…“

Kapitel 6

Ich kann nicht glauben, wer tatsächlich beweisen kann, dass deine Geschichte wahr ist“, sagte Flora und schüttelte ungläubig den Kopf.

„Ich auch nicht“, sagte Mohsen und schüttelte ebenfalls ungläubig den Kopf.

„Ich *kann* es. Ich glaube dir, Charlie“, sagte Wogan und sah Mohsen und Flora böse an. „Was soll das, Leute – ich finde es total daneben, dass ihr Charlie schon wieder nicht glaubt, nachdem wir uns gerade ausgiebig bei ihm entschuldigt haben. Darüber haben wir doch gesprochen.“

„Nein! Wir glauben Charlie! Es war nur eine Redensart. Wir wollten nur sagen, wie überrascht wir sind, dass es Dylan ist“, sagte Flora.

Wogan sah noch ein wenig verständnisloser drein als sonst – wenn das überhaupt möglich war.

„Vergiss es, Wogan", sagte Flora und sah ihn an, als wäre er ein Hundewelpe mit drei Beinen, der gerade laufen lernte. „Wie dem auch sei", fuhr sie fort, „wir wissen jetzt, dass Charlies Verwandlung keine einmalige Sache war. Es ist zweimal passiert. Charlie – du brauchst Hilfe. Wir müssen herausfinden, was genau mit dir los ist. Und dann können wir vielleicht ein Heilmittel finden. Also habe ich einen Plan ausgearbeitet. Wir werden uns der Wissenschaft bedienen!"

„Jawohl!", sagte Mohsen und schlug sich mit der Faust in die Handfläche.

„Jawohl!", sagte Charlie und klatschte in die Hände.

„Jawohl!", sagte Wogan. „Natürlich! Wir können ein Bild vom Wasserkreislauf malen! Und dann können wir – halt mal, wozu brauchen wir die Wissenschaft?"

„Weil, Wogan, Wissenschaft angewandt wird, wenn es ein Rätsel zu entschlüsseln gibt", antwortete Flora geduldig. „Die Wissenschaft liefert uns Antworten auf Fragen. Wenn es die Wissenschaft nicht gäbe, würden wir immer noch in Höhlen leben und den Tag damit verbringen, Säbelzahntiger zu jagen und in mammutwollenen Unterhosen herumzulungern."

„Das klingt irgendwie total abgefahren und cool", antwortete Wogan.

Da mussten die anderen ihm recht geben.

„*Und* es gäbe keine Schule", fuhr Wogan fort. „Und wir müssten uns keinen Job suchen, wenn wir älter werden. Ehrlich gesagt mag ich Wissenschaft nicht besonders."

Flora seufzte. „Was ist mit der Medizin? Und der Raumfahrt? Und dem Internet? Oder der PlayStation? Das ist ALLES Wissenschaft. Und jetzt werden wir Wissenschaft anwenden, um herauszufinden, was um alles in der Welt mit Charlie geschieht", sagte Flora entschlossen.

„Und wir müssen es außerdem superschnell rauskriegen", stimmte Mohsen ihr zu. „Bevor Charlie sich wieder verwandelt, meine ich. Für den Fall, dass er sich nicht wieder in einen Menschen zurückverwandelt."

Charlie ächzte. „Oh, vielen Dank, Mohsen. Daran, dass *das* passieren könnte, hatte ich noch gar nicht gedacht. NOCH EIN GRUND, um mir Sorgen zu machen. Aber du hast recht. Wir müssen schnell dahinterkommen, was hier los ist. In zwei Wochen wird das Schultheaterstück aufgeführt und ich kann mich nicht vor der ganzen Schule in ein Tier verwandeln.“

„Das Stück, in dem du als Traurige Kartoffel Nummer 1 auftrittst?“, fragte Mohsen.

„Ja. Ganz richtig, Mohsen. Das Theaterstück, in dem ich die Traurige Kartoffel Nummer 1 spiele“, antwortete Charlie. „Es ist eine wichtige Rolle. Hast du daran etwas auszusetzen?“

„Nein“, antwortete Mohsen kleinlaut.

„Also vielleicht wäre es gar nicht so schlecht, wenn du dich *tatsächlich* verwandeln würdest“, sagte Wogan. „Du weißt schon, wenn du zu einem Tiger oder einem *T. Rex* oder irgendetwas anderem wirst, damit du allen Angst einjagen und sie verscheuchen kannst. Dann müsste ich wenigstens nicht das Abschlusslied singen und Cara Cotton küssen.“

„Sei nicht so blöd, Wogan“, sagte Flora. „Das haben wir doch schon besprochen. Das wäre *total* schlecht. Was würde mit Charlie passieren, wenn er sich plötzlich vor der ganzen Schule in ein Tier verwandelt?"

„Er könnte einen Kackhaufen auf …"

„Nein, Wogan. Du bist echt *besessen* von Kacke. Ich sage euch, was passieren würde. Wenn Charlie sich während des Stücks in ein Tier verwandelt, würden die Lehrer die Polizei rufen und die Polizei die Regierung und die Regierung wird die Wissenschaftler rufen. Und dann wird man Charlie wegbringen und Experimente mit ihm machen. Man wird ihn *operieren*, Wogan. Ihn *sezieren*."

„Vielen Dank, aber könntet ihr alle damit aufhören, mir ständig was Neues aufzuzählen, worüber ich mir Sorgen machen muss und woran ich noch nicht mal gedacht hatte?", brüllte Charlie.

„Keine Panik!", sagte Flora zuversichtlich. „Wir werden Wissenschaft anwenden, damit du dir keine Sorgen zu machen brauchst!"

„Also …" Wogan dachte scharf nach. „Wir werden also Wissenschaft anwenden, um die Wissenschaftler aufzuhalten? Wenn die Wissenschaft so toll ist, sollten wir dann nicht einfach … ihr wisst schon?"

„Nein, keine Ahnung, Wogan“, sagte Flora, die sich immer mehr aufregte. „Schlägst du wirklich vor, dass wir Charlie den Wissenschaftlern übergeben? Damit sie ihn in winzige Stücke schneiden und ihn unter einem Mikroskop untersuchen können?“

„**Könnt ihr bitte alle sofort still sein!**“, schrie Charlie.

„Ganz genau“, sagte Flora und beachtete Charlie nicht weiter. „Also, hier ist mein Plan. Wir müssen herausfinden, WAS Charlie dazu bringt, sich zu verwandeln. Wir wissen, dass es nicht am Licht liegen kann, weil es am Tag und in der Nacht passiert ist. Wir wissen, dass es nicht an Hitze liegen kann, weil es beim letzten Mal, als es passiert ist, weder wirklich heiß noch kalt war. Ich habe auch Elektrizität, Radioaktivität und kosmischen Staub ausgeschlossen.“

„Wieso hast du kosmischen Staub ausschließen können?“, fragte Mohsen verblüfft.

„Frag nicht so dumm. Das ist einfach Wissenschaft, okay?“, sagte Flora patzig. „Tierbisse können wir weglassen, weil du dich in einen Vogel verwandelt hast. Außer du wurdest in letzter Zeit

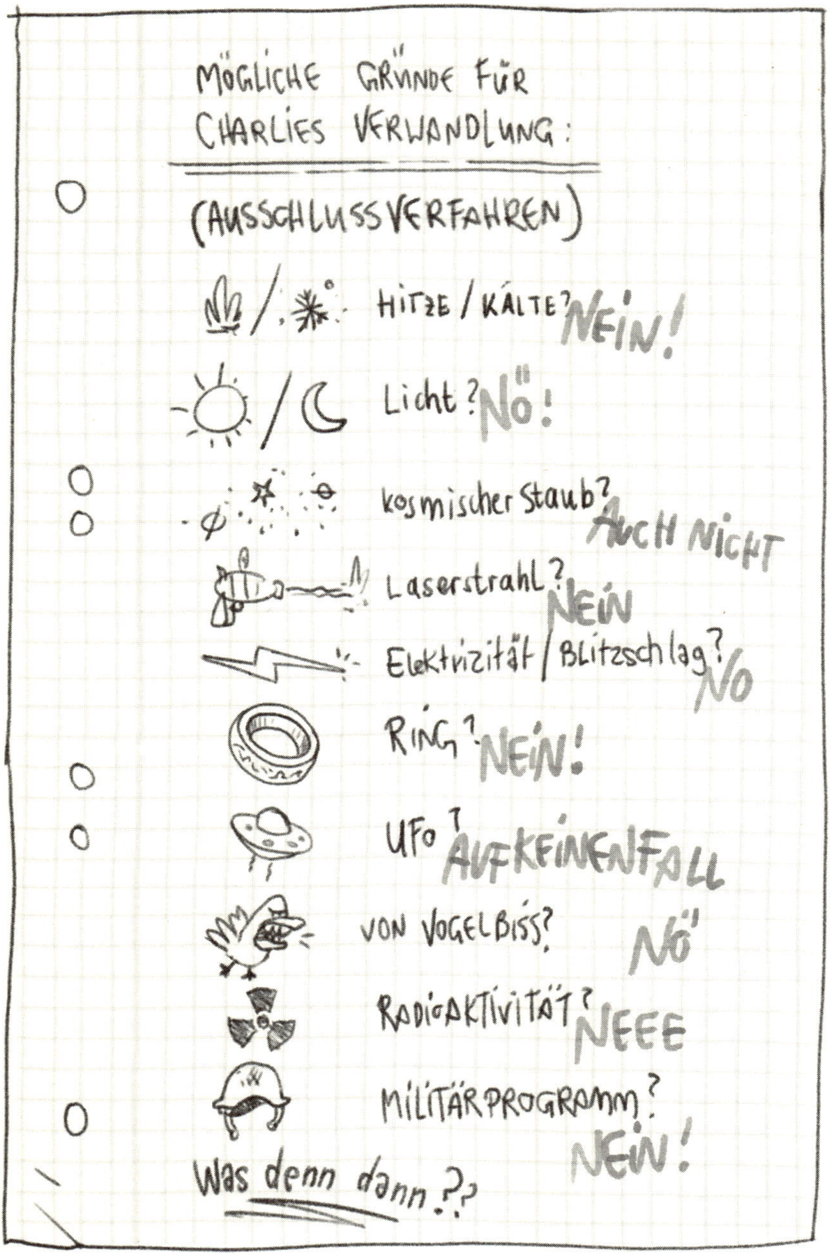
MÖGLICHE GRÜNDE FÜR
CHARLIES VERWANDLUNG:
(AUSSCHLUSSVERFAHREN)
HITZE / KÄLTE? NEIN!
Licht? Nö!
kosmischer Staub? AUCH NICHT
Laserstrahl? NEIN
Elektrizität / Blitzschlag? NO
RING? NEIN!
UFO? AUF KEINEN FALL
VON VOGELBISS? NÖ
RADIOAKTIVITÄT? NEEE
MILITÄRPROGRAMM? NEIN!
Was denn dann???

von einem Vogel gebissen und hast vergessen es zu erwähnen?“

„Hab ich nicht“, sagte Charlie.

„Du wurdest nicht von einem Laser angeschossen oder vom Blitz getroffen?“

„Äh, nein“, sagte Charlie und schüttelte den Kopf.

„Du hast keinen magischen Ring geschenkt bekommen?“

„Nö.“

„Oder warst Teil eines Versuchsprogramms zu militärischen Zwecken?“

„Was? Nein!“

„Und du wurdest definitiv nicht von Aliens gekidnappt?“

„Meinst du nicht, dass ich das dann bereits erwähnt hätte?“, antwortete Charlie. „Meinst du nicht, ich hätte gesagt: ‚Oh, hey, Leute, stellt euch vor, ich wurde gestern Abend von Aliens gekidnappt?‘ Nein! Ich wurde nicht von Aliens gekidnappt.“

„Soweit du weißt“, sagte Wogan mit vielsagendem Blick.

„Was?“, sagte Charlie.

„Vielleicht hast du geschlafen. Oder die Aliens haben deine Erinnerung gelöscht. Das ist meinem Onkel Harry in Amerika passiert. Sie haben seine Erinnerung komplett gelöscht."

„Wie kann er sich dann daran erinnern, dass er von Aliens gekidnappt wurde?", fragte Mohsen.

„Weil man ihn nur mit Unterhosen bekleidet in der Scheune der Nachbarn gefunden hat und er sich nicht daran erinnern konnte, wie er da hingekommen ist. Also müssen es Aliens gewesen sein."

„Wir verlieren das Ziel aus den Augen", sagte Flora. „Wir werden davon ausgehen müssen, dass Charlie nicht von Aliens gekidnappt wurde, weil wir keine *Beweise* dafür haben."

„Okay. Das ist eine ganze Menge, woran es nicht liegt. Woran, glaubt ihr, *liegt* es?", fragte Charlie.

„Na ja – und es fällt mir nicht leicht, dir das zu sagen, Charlie –, ich glaube, du bist ein Mutant. Ein genetischer Missgriff der Natur."

„Vielen Dank auch, Flora."

„Nein. Das ist cool. Am ehesten ließe sich das mit Hulk vergleichen. Wenn er wütend ist, verwandelt er sich in ein großes grünes Monster. Ich glaube, du verwandelst dich in ein Tier, wenn du Angst hast."

Mohsen, Wogan und Charlie standen für einen Moment schweigend da und ließen das auf sich wirken.

„Schau mal", fuhr Flora fort, „du hattest Angst, zu Ms Fire zu gehen, und du hattest sogar noch mehr Angst, es deinen Eltern zu sagen, also hast du dich in eine Taube verwandelt. Und in eine Spinne hast du dich erst verwandelt, nachdem du deinen Bruder im Krankenhaus besucht und von seinem Scan und der Operation erfahren hast und ganz offensichtlich …" Flora ließ den Satz unvollendet im Raum stehen.

Charlie wand sich unbehaglich. „Hmm. Okay, nehmen wir mal an, das stimmt. Ich sage nicht, dass es so ist, aber nehmen wir es einfach mal an. Wie überprüfen wir dann deine Theorie?", fragte er.

„Ah!", sagte Flora und reckte ihren Zeigefinger in die Luft. „Kommen wir zum lustigen Teil."

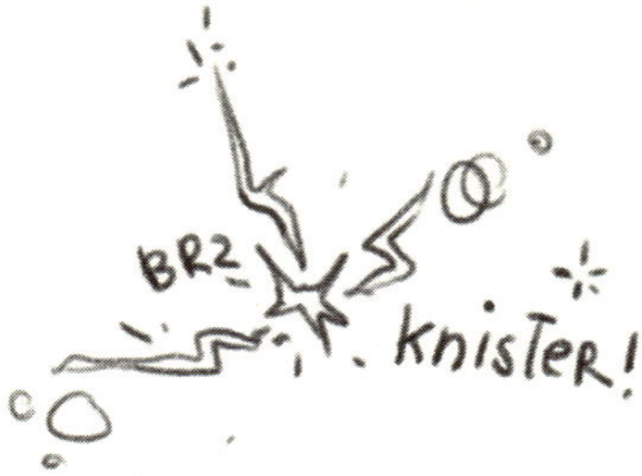

Kapitel 7

Es war ein wunderschöner Samstagmorgen. Die Sonne schien und nur vereinzelt huschten kleine weiße Wolken über den Himmel. Es war kein Tag, an dem Charlie Lust darauf hatte, dem ziemlich sicheren Tod ins Auge zu schauen.

Aber im Leben kriegen wir nicht immer, was wir wollen.

Und Charlie fand das auf die harte Tour heraus.

„Das fühlt sich wirklich, wirklich, WIRKLICH absolut und überhaupt nicht sicher an, Leute."

Die vier standen oben auf dem Banditenhügel. Der Banditenhügel war der Hügel im Stadtpark. Er war hoch und steil und bot einen wunderschönen Ausblick auf die umliegende Landschaft.

Aber Charlie war es gerade ziemlich egal, dass der Hügel einen wunderschönen Ausblick auf die umliegende Landschaft bot, denn jetzt gerade saß Charlie in einem schäbigen, alten Gokart ganz oben auf dem Hügel.

Wogans Dad hatte das Gokart vor ein paar Jahren gebaut und Wogans Dad war kein guter Gokartbauer.

Tatsächlich wäre es wohl nicht übertrieben zu behaupten, dass Wogans Dad der schlechteste Gokartbauer war, der je ein Gokart gebaut hatte.*

Im Wesentlichen hatte er ein Paar Räder auf beiden Seiten einer Kiste angebracht. Es gab noch nicht mal ein Lenkrad. Aber es gab eine Bremse, die jedoch aus nichts weiter als einem Stock bestand, der, wenn man ihn nach unten drückte, einfach über den Boden schleifte. Oder um genauer zu sein, hatte es eine Bremse gegeben, aber Flora

---

* Wogans Dad war außerdem der schlechteste Kindernamensgeber. Er hatte Wogan eigentlich Logan nennen wollen, nach Wolverines echtem Namen, aber nachdem er ein oder zwei Whiskeys zu viel gehabt hatte, hatte er alles durcheinandergebracht und ihn stattdessen nach einem alten BBC-Moderator genannt.

hatte die letzten zwanzig Minuten damit zugebracht, sie sorgfältig abzuschrauben. Als das Gokart endlich bremsenlos war, hatte Flora verkündet, dass jetzt alles für das Experiment bereit sei.

Als Charlie den sehr steilen, sehr langen und sehr holperigen Abhang vor ihm hinunterstarrte, breitete sich ein flaues Gefühl in seinem Magen und seinem Hintern aus. Vor ihm lagen im besten Fall ernste Verletzungen und im schlimmsten Fall das tragische Ende seines kurzen Lebens. Und bestimmt reichte seinen Eltern ein Kind im Krankenhaus, dachte Charlie.

„Ich soll in dieser … dieser Kiste auf Rädern OHNE Bremse den Hügel hinunterfahren? Das ist lebensgefährlich, Flora."

„Sei nicht albern, Charlie!", sagt Flora. „Es ist *nicht* lebensgefährlich!"

Es war lebensgefährlich.

„Aber dieses Ding", sagte Charlie und deutete auf das Gokart um ihn herum, „ist eine absolute Todesfalle."

„Oh, Charlie!", sagte Flora. „Es ist *keine* absolute Todesfalle!"

Es war eine absolute Todesfalle.

„Sieh mal“, fuhr Flora fort. „Nur so können wir mit Sicherheit herausfinden, ob meine Theorie stimmt. Du musst Angst haben. Gäbe es Bremsen, hättest du keine Angst.“

„Aber ich will nicht sterben“, sagte Charlie mit schwacher Stimme.

„Reiß dich zusammen, Charlie“, sagte Flora und klang zunehmend genervt. „Glaubst du wirklich, ich würde dich in echte Gefahr bringen, nur um eine Theorie zu beweisen?“

„Wahrscheinlich nicht …“

Das würde sie auf jeden Fall.

„Ganz genau. Glaubst du, Neil Armstrong und Buzz Aldrin hatten Angst, als sie zum Mond geflogen sind? Wahrscheinlich, aber sie haben es trotzdem gemacht, weil es zum Wohle der Menschheit war. Und wenn wir meine Theorie beweisen und tatsächlich *beobachten* können, wie du dich in ein Tier verwandelst, dann ist das wie eine Mondlandung.“

Mohsen und Wogan standen einfach nur da, auffallend still. Ihre Gesichter verrieten allerdings eine Mischung aus Schuld, Angst und Panik.

„Okay … okay. Dann los“, sagte Charlie, zutiefst verunsichert. Aber es war unmöglich, zu Flora Nein zu sagen.

„Genial! Du bist supermutig, Charlie! Ich wusste, du würdest es tun! Du bist ein Held."

Wider besseres Wissen spürte Charlie ein Glühen in seiner Brust und wurde bei Floras Worten rot.

„Gib mir den Helm!", sagte Charlie.

„Helm kommt, Sir!", sagte Flora.

Charlie schloss die Riemen des Helms und hielt sich an den Seiten des Todes-Gokarts fest. Einmal noch ließ er kurz los, um seinen Freunden stolz zu salutieren. Mohsen und Wogan salutierten feierlich und mit Trauermiene zurück. Flora bückte sich hinter das Gokart, packte es und machte sich bereit, es anzuschieben.

Charlie schluckte, sein Magen krampfte sich vor lauter Angst zusammen.

Für einen Augenblick herrschte perfekte Stille.

Die Welt hielt den Atem an.

Nur der Wind zerzauste sanft Charlies Haar.

Pffrt!

Das war Charlie, der aus Versehen einen kleinen Angstfurz losgelassen hatte.

Flora, die sich direkt hinter Charlies Po gebückt hatte, verzog das Gesicht. „Bäh-igitt, Charlie!"

Aber dann übertönte Charlie mit aller Kraft, die er aufbringen konnte, seine Angst:

„Los!"

Bei Charlies Worten rannte Flora los, so schnell sie konnte, und schob das Gokart und Charlie den Berg hinunter. Fast im Nu war Charlie so schnell, dass Flora nicht mehr mithalten konnte und loslassen musste. Stolz blieb sie stehen und schaute Charlie hinterher, wie er in ziemlich bedenklichem Tempo verschwand.

Währenddessen schossen Charlie auf seiner rasanten Fahrt den Hügel hinunter in rascher Folge eine Reihe von Gedanken durch den Kopf. Sie waren:

1. Er fuhr sehr, sehr schnell – viel schneller, als er es in einem Gokart je für möglich gehalten hatte – und er würde auf jeden Fall sterben.
2. Er hätte den Vanille-Milchshake und den Apfelsaft nicht vor der Fahrt trinken sollen.

Jetzt schwappten sie in seinem Magen umher, und er würde ganz bestimmt kotzen müssen, bevor er starb. Sollte er so etwas je wieder tun – nie, nie wieder würde er so etwas tun –, würde er aus seinen Fehlern lernen.

3. Er hätte ein Kissen mitbringen sollen, denn bei jedem einzelnen Rütteln und Schütteln des Todes-Gokarts knallte sein Po auf den Holzboden des übelkeitsverursachenden, popoknallenden Kamikaze-Todes-Gokarts, und jetzt würde er mit einem komplett blauen Hintern sterben. Über und über mit Kotze bedeckt.

Inzwischen hatte Charlie viel Erfahrung mit Situationen, in denen er sich in Lebensgefahr befand, und wusste, was zu tun war.

Und das war Panik zu schieben.

„FLARGGLE-WARRBLLE-FNARGGHGH-GA-GA-GA-GA-GA-AARGH!“, schrie er.

„GAAAAAAAAAAAARGHHH-GAH-GAH-BABABABABAB-FWURGNGHHHHHH!“, fuhr er fort.

Das war es natürlich nicht, was Charlie schreien wollte. Aber die Kombination aus dem rüttelnden und schüttelnden Gokart, dem Wind, der ihm in den offenen Mund blies, und der Angst, kotzen und gleich sterben zu müssen, sorgte dafür, dass alles, was Charlie herausbrachte, wie der Riesenfurz eines großen, haarigen Pavians in der Badewanne klang.

Leider ist es nicht möglich, eine genaue Übersetzung von dem, was Charlie sagen wollte, zu liefern, denn die Hälfte der Worte, die er zu schreien versuchte, würde eine sofortige und extrem schwere Bestrafung von seinen Eltern nach sich ziehen. Und wahrscheinlich auch von deinen Eltern. Und übrigens auch von meinen Eltern, also werde ich sie ganz bestimmt nicht hier aufschreiben. Wenn ich das täte, würde ich wahrscheinlich Ärger mit allen Eltern, egal wo, kriegen, und das ist das Letzte, was man sich einhandeln will. Kannst du dir vorstellen, sich Ärger mit ALLEN Eltern, EGAL WO, einzuhandeln? Auweia.

Also, die höfliche, elternfreundliche Version von dem, was Charlie schrie, war:

„ACH DU LIEBE GÜTE, ICH BANGE SEHR UM MEIN LEBEN UND BEREUE ES AUFRICHTIG, MICH EINVERSTANDEN ERKLÄRT ZU

HABEN, AN DIESEM ABERWITZIGEN PLAN TEILZUNEHMEN!“, schrie er.

„ICH WÜRDE JETZT SEHR GERNE AUS DIESEM GOKART AUSSTEIGEN, BEVOR ICH MIR IM BESTEN FALL ERNSTHAFTE VERLETZUNGEN ZUZIEHE ODER IM SCHLIMMSTEN FALL DEN TOD ERLEIDE. UND ICH HABE DAS GEFÜHL, DASS MIR SCHLECHT WIRD. UND MEIN GESÄSS SCHMERZT SEHR!“, fuhr er fort.

Schreien half in Charlies bedrohlicher Lage jedoch nur wenig. Und offen gestanden gab es nur wenig, was er in dieser bedrohlichen Lage überhaupt tun *konnte*. Es schien fast unmöglich, aber er fuhr jetzt noch schneller. Die Leute sprangen dem wild gewordenen, außer Kontrolle geratenen Gokart buchstäblich aus dem Weg. Hunde jagten Charlie wie verrückt bellend hinterher, verloren das Wettrennen aber. Andere Leute filmten die Szene mit ihren Handys. Die Videos wurden sofort auf YouTube hochgeladen, unter Überschriften wie *„Geistesgestörter Junge rast in einem Todes-Gokart einen Hügel hinunter“*, *„Wie verrückt schreiendes Kind schaut in einer Todesmaschine dem sicheren Tod ins Auge“* und *„Junge* *furzt vor lauter Nervosität in einem Gokart und schreit dann lauter Blödsinn*". Schon auf halber Höhe den Hügel hinunter war Charlie bereits eine Berühmtheit im Internet.

Aber zu dem Zeitpunkt, als Charlie auf halber Höhe den Hügel hinunter war, dachte er nicht an so etwas. Zu diesem Zeitpunkt war Charlie unfähig, überhaupt etwas zu denken. Die Geschwindigkeit, mit der er jetzt unterwegs war, machte Denken unmöglich. Die Welt bestand nur noch aus Schlieren. Erst kurz vor dem Fuß des Banditenhügels, dem er sich in etwa mit der Geschwindigkeit einer Rakete näherte, schoss ihm ein anderer Gedanke durch den Kopf, und zwar, dass er gleich sehr nass werden würde.

Am Fuße des Hügels befand sich ein schmaler Grasstreifen, auf dem sich ein paar Menschen breitgemacht hatten, um die frühe Morgensonne zu genießen.

Und dahinter lag der Banditensee.

Es war ein kleiner See. Eigentlich mehr ein Teich. Aber er war kalt. Und voller Enten. Und Charlie raste direkt darauf zu.

Wie es sein konnte, dass weder Flora noch Moh-

sen, Wogan oder Charlie aufgefallen war, dass diese Fahrt mit großer Wahrscheinlichkeit im Wasser enden würde, war ein Rätsel, das tiefgehend untersucht werden musste, sollte er überleben.

Jetzt war jedenfalls nicht der richtige Zeitpunkt dafür.

Charlie erreichte den Fuß des Hügels schneller als ein Gepard, der am heißesten Tag des Jahres einem Eiswagen hinterherrennt.

Noch mehr Leute sprangen schreiend aus dem Weg, als er auf sie zuraste. Er sauste durch ein

Picknick, zerquetschte belegte Brote und warf Getränke um. Einem erschrockenen Kind wurde der Drachen aus den Händen gerissen, verfing sich in den Rädern des Gokarts und flatterte hinter ihm her, während er auf den See zuschoss.

Charlie schloss die Augen.

Kurz vor dem Rand traf das Gokart auf eine leichte Bodenwelle und flog in die Luft.

Dort hing es für den Bruchteil einer Sekunde wie ein verrücktes, außer Kontrolle geratenes Todes-Gokart, das in der Luft hängt.

Enten stoben auseinander, quakten erschrocken, konnten kaum glauben, dass ein kleiner Junge in einem Gokart gleich in ihren See eintauchen würde.

Ein gigantischer Platscher.

Die Kälte traf Charlie und raubte ihm den Atem.

Er schoss an die Oberfläche, rang nach Luft und schwamm so schnell er konnte ans Ufer. Er krabbelte heraus, Schilf klebte ihm am Kopf, und ließ sich auf den Rücken fallen. Keuchend starrte er in den blauen Himmel. Um ihn herum wurde ungläubiges und schockiertes Gemurmel laut.

Er ließ die Sonne seine Haut wärmen und seine triefnassen Kleider trocknen.

Und da bemerkte er es.

Er hatte sich nicht in ein Tier verwandelt.

Flora hatte nicht recht gehabt.

Sie hatten immer noch keinen blassen Schimmer, warum er sich verwandelte.

Und bis zum Theaterabend waren es nur noch eineinhalb Wochen.

Kapitel 8

Du machst Witze?!“, sagte Charlie und konnte es nicht fassen.

„Es ist die *einzige* Erklärung“, sagte Flora mit verschränkten Armen.

Es war die Mittagspause am Montag und die vier trafen sich zum ersten Mal seit dem Banditenhügel-Desaster wieder.

„Du willst behaupten, ich hätte mich nicht verwandelt, weil ich nicht genug Angst gehabt habe? Weißt du eigentlich, dass du absolut und total durchgeknallt bist? Ist dir klar, was ich für Todesängste ausgestanden habe?“

„Ich glaube, es hat dir zu viel Spaß gemacht“, sagte Flora nachdenklich, fast wie zu sich selbst.

„Du bist verrückt. Und damit meine ich ganz in echt verrückt“, antwortete Charlie.

„Sie hat da vielleicht einen Punkt“, sagte Mohsen. „Es hat nach total megamäßigem Spaß ausgesehen.“

„Ich kann euch versichern, das war es NICHT.“

„Charlie“, sagte Wogan und legte Charlie eine Hand auf die Schulter. „Du hast vor Begeisterung gejubelt. Den ganzen Weg nach unten.“

„Das war kein JUBELN! Es war Schreien!“, protestierte Charlie.

„Wir haben dich gehört, Charlie. Jubeln.“

„Schreien!“

„Jubeln.“

„ICH. HABE. GESCHRIEN. GESCHRIEN! ICH DACHTE, ICH WÜRDE STERBEN. ICH HATTE TODESANGST.“

„Hmm“, sagte Flora.

„Oh, hör mit deinem Hmm auf!“, blaffte Charlie.

„Wir sollten auf Floras Hmm hören. Das weißt du“, sagte Mohsen.

„Hmm“, hmmmte Flora wieder. „Ich glaube, ich habe da vielleicht einen Fehler gemacht.“

„JA, ICH WEISS!“, sagte Charlie.

„Ich hätte gründlicher nachdenken sollen“, fuhr Flora fort.

„Da hast du absolut recht“, sagte Charlie.

„Charlie, du hattest Achterbahnangst.“

„Achterbahnangst?“, antwortete Charlie und schüttelte den Kopf. Aber irgendwo in einem Winkel seines Verstandes nagte etwas an ihm. Tief in seinem Inneren – tief, tief in seinem Allerinnersten – wusste Charlie, dass ein winzig kleiner Funke Begeisterung in seiner Fahrt den Banditenhügel hinunter gesteckt hatte. Im Rückblick wurde Charlie klar, dass es haarsträubend gefährlich, Furcht einflößend und der totale Wahnsinn gewesen war und … *Spaß gemacht hatte.*

„Beim ersten Mal, als du dich verwandelt hast, hast du dir Sorgen um deinen Bruder gemacht. Beim zweiten Mal ist es passiert, weil du Ärger in der Schule hattest. Beide Mal warst du traurig und besorgt. Daran kann man nichts toll finden. Sorgen machen keinen Spaß. Und an diesem Punkt ist das Experiment schiefgelaufen.“

„Und darum …?“, sagte Charlie und fürchtete sich bereits vor der Antwort.

„Und darum müssen wir noch ein Experiment durchführen, um die verbesserte These zu prüfen", sagte Flora mit entschlossener Miene. „So funktioniert Wissenschaft, Charlie."

„Okay, Mrs Klugscheißerin, wie sieht dein Plan diesmal aus?"

Flora rieb sich das Kinn. „Ich habe noch keinen endgültigen. Er ist fast fertig. Aber noch nicht ganz. Aber auf jeden Fall werde ich einen Plan haben, bevor du dich wieder verwandelst. Hundertprozentig", sagte Flora zuversichtlich und selbstbewusst.

Hinter den vier Freunden schlich Dylan sich unbemerkt und leise davon. Es war ihm eindeutig anzusehen, wie zufrieden er war, die Unterhaltung belauscht zu haben.

Vielleicht hätte Charlie Floras Zuversicht und Selbstbewusstsein nicht so bereitwillig Glauben schenken sollen. Zwei Tage nach ihrem Gespräch warteten sie immer noch auf ihren Plan und es war der Tag der Generalprobe für das Schultheaterstück.

Ms Fire und Mr Wind hatten viele Abende lang

zusammengesessen und ihr Musical-Meisterwerk geschrieben: *Brokkoli und Rucola*, die Geschichte zweier rivalisierender Gemüsebanden und zweier Sprösslinge dieser rivalisierenden Banden, die sich ineinander verlieben und …

Mehr musst du dazu eigentlich gar nicht wissen. Es wäre Blödsinn, deine Gehirnzellen mit noch mehr Einzelheiten abzutöten. Es reicht, wenn du weißt, dass Ms Fire und Mr Wind sehr stolz darauf waren und extrem nervös, weil sie wollten, dass bei der Generalprobe alles so reibungslos wie möglich verlief.

Etwa zwanzig Kinder warteten hinter der Bühne, alle in Gemüsekostümen, und quatschten und kicherten aufgeregt durcheinander.

Mohsen und Flora hatten beschlossen, nicht für eine Rolle vorzusprechen. Wogan allerdings war zu Charlies moralischer Unterstützung mit zum Vorsprechen gegangen, war aus Versehen auf die Bühne gerufen worden und hatte die Hauptrolle bekommen. Er war als großer Brokkolistängel verkleidet und schwitzte in seinem schweren Kostüm bei dem Gedanken, am Ende des Stücks Cara Cotton küssen zu müssen. Cara saß ihm ge-

genüber und rückte nervös ihr Rucolakostüm zurecht.

Charlie hockte auf dem Boden und machte einen sehr niedergeschlagenen Eindruck. Das passte perfekt zu seiner Rolle als Traurige Kartoffel Nummer 1 und Mr Wind schien sehr glücklich darüber zu sein, dass Charlie sich so gut in seine Rolle hineinversetzte. Charlie rutschte noch tiefer auf den Boden, als Caras Stichwort für ihren Bühnenauftritt fiel.

Auch Dylan passte in seinem grellorangenen Kostüm perfekt zu seiner Rolle als Fröhliche Karotte Nummer 2. Mit einem breiten Grinsen im Gesicht schlenderte er zu Charlie herüber.

„Kopf hoch, Charlie“, spottete Dylan. „Das ist nicht das Ende der Welt. Es ist ja nicht so, dass du dich gleich in ein Tier verwandeln, als Missgeburt enttarnt und in einen Zirkus geschickt werden wirst. Oh, entschuldige! Das habe ich ganz vergessen. Doch. Genau das wird passieren. Sag Auf Wiedersehen zu deinem Leben, du Loser.“

„Ach, hau ab, Dylan. Ich bin wirklich nicht in der Stimmung.“

Statt einer Antwort schenkte Dylan ihm nur

ein hochnäsiges Lächeln und schlenderte davon. Charlie *hasste* fröhliche Karotten.

Einen Moment später hörte er Cara Cotton ihr Rucolalied singen. Das bedeutete, er und Dylan waren als Nächstes dran. Sie gingen beide zur Seitenbühne und warteten auf das Ende von Caras Lied. Als Cara fertig war, verbeugte sie sich, und das war das Stichwort. Cara kam an ihnen vorbei und sah erleichtert aus. Charlie wollte auf die Bühne treten, aber Dylan schubste ihn beiseite.

„Du wirst dich verwandeln!“, flüsterte er Charlie zu, als er sich an ihm vorbeidrängte.

Charlies Magen krampfte sich vor lauter Nervosität zusammen.

„Halt die Klappe, Dylan. Halt einfach die Klappe.“

Sie gingen auf die Bühne hinaus. Mr Wind und Ms Fire saßen nebeneinander in der ersten Reihe und sahen erwartungsvoll zu Charlie und Dylan auf. Mr Wind streckte einen Daumen hoch und Ms Fire bleckte ihre Grabstein-Zähne, um sie daran zu erinnern, dass sie lächeln sollten. Warum eine traurige Kartoffel lächeln sollte, kapierte Charlie nicht.

Dylan räusperte sich, verbeugte sich ungeschickt und begann sein „Fröhliche Karotte“*-Lied zu singen:

„Ohhhhhhhh …
Ich bin eine fröhliche Karotte
Ich bin heiter und glücklich
Perfekt für zwischendurch
Und auch zu Mittag vorzüglich
Ich bin eine fröhliche Karotte
Und ich bin perfekt orange
Das Einzige, was sich darauf reimt,
ist so’n Ding, das heißt Sporange.

Ich bin lecker und nahrhaft
Ausgesprochen knackig zu kauen
Viel besser als diese Kartoffel
Die will mich bloß verhauen!“

* Copyright © Arthur Wind & Fire Music Corporation Ltd, 2019

Zum Schluss verbeugte Dylan sich noch einmal ungeschickt. Dann musste Charlie Dylan hauen. Er tat das vielleicht mit etwas mehr Begeisterung, als sie es vorher geprobt hatten.

Dann war es an der Zeit für Charlies „Traurige Kartoffel"*-Lied.

Er öffnete den Mund zum Singen, aber kein Ton kam heraus. Er erstarrte.

Ihm fielen die Worte nicht mehr ein.

Sein Mund wurde trocken.

Mr Wind und Ms Fire starrten Charlie an und warteten.

Plötzlich musste Charlie ganz dringend Pipi und Groß machen.

Und dann begannen wie aus dem Nichts die Worte aus ihm herauszupurzeln:

„Ohhhhhhhh …
Ich bin eine traurige Kartoffel
Ich bin eine unglückliche Knolle

---

* Copyright © Arthur Wind & Fire Music Corporation Ltd, 2019

Ich stecke im Boden fest
Und im Matsch geht es mir nicht so dolle!

Oh, ich bin eine triste Kartoffel
Eine Knolle mit gerunzelter Stirn
Ich wachse in die falsche Richtung
Wie eine Kopfstand machende Dirn.
Eine traurige Kartoffel ist keine gute Kartoffel
Und ich sollte wirklich nicht jammern
Aber mir wachsen Wurzeln
In sonnenlosen, dunklen Kammern.“

Er hatte es geschafft! Er hatte das Lied hinter sich gebracht, ohne sich zu verwandeln! Charlie drehte sich zu Dylan um, der ihn beobachtete und wartete. Und dann breitete sich ein Lächeln auf seinem Gesicht aus und Dylan formte mit den Lippen nur zwei Worte:

Verwandle dich!

Charlie spürte, wie sein Auge anfing zu zucken.

Und dann fing das andere Auge an zu zucken. Ihm wurde heiß. Er fühlte sich wie elektrisch aufgeladen.

Charlie verwandelte sich. Dylan hatte es geschafft.

Mr Wind und Ms Fire saßen da, blinzelten hoch zu Charlie und warteten darauf, dass er seinen Schlusssatz sagte und abging.

Charlie hielt es für eine erstklassige Idee, sich nicht weiter mit dem Schlusssatz aufzuhalten und lieber so schnell wie möglich die Bühne zu verlassen.

Er rannte.

Er sprang von der Bühne, flitzte durch den Saal, stürmte durch die Türen und rannte direkt in einen Flur voller plappernder Kinder.

Er musste weg von ihnen. Sein Körper knisterte und zischte jetzt vor lauter Elektrizität.

Er würde sich jeden Moment verwandeln.

Er nahm die Beine in die Hand und raste den Gang hinunter, sein ganzer Körper stand in Flammen. Hinter ihm dröhnten Schritte. Charlie drehte sich um und sah, dass Dylan mit entschlossenem Gesichtsausdruck die Verfolgung aufgenommen hatte.

Charlie flüchtete um eine Ecke in einen leeren Gang und spürte, wie er im Rennen schrumpfte.

Und er schrumpfte weiter.

Und schrumpfte weiter.

Der Gang kam ihm plötzlich unvorstellbar riesig vor.

Er war winzig und schrumpfte immer noch.

Seine Haut war verschwunden; überlappende braune Schuppen bedeckten jetzt seinen Körper. Charlie hatte sich verwandelt in – tja, er hatte keine Ahnung, in was er sich verwandelt hatte, aber es war etwas total winzig Kleines.

In diesem Augenblick stürzte Dylan um die Ecke…

In einen leeren Korridor.

Er war natürlich nicht komplett leer. Charlie war da – aber er war jetzt so groß wie ein Reiskorn und Dylan konnte ihn offenbar nicht sehen.

Dylan stolzierte den Gang hinunter und sah sich argwöhnisch um.

Ohne ihn zu bemerken, machte er langsam einen Schritt über Charlie hinweg.

Dylan war so groß wie ein Hochhaus, sogar noch größer, sein Körper streckte sich in weite Ferne Richtung Decke, die Charlie so weit weg und gewaltig wie der Himmel vorkam. Dylans Füße waren so groß wie Fußballfelder, sie schlugen auf den Boden und zerquetschten ihn beinah.

Während Dylan an ihm vorbeilief, hielt Charlie mucksmäuschenstill. Er hatte eine Heidenangst, von den riesigen Schuhen zertreten zu werden.

Plötzlich läutete die Klingel zur Mittagspause. Charlie wurde schlecht, als ihm schlagartig klar wurde, dass der Flur, in dem er sich befand, zur Schulcafeteria führte. Und das bedeutete, dass dieser gleich überschwemmt werden würde von…

Das Trampeln von Füßen war zu hören – von vielen, vielen Füßen –, die alle auf die Cafeteria zusteuerten. Und viel wichtiger: auf Charlie.

Charlie hatte zwar schon zuvor in seinem Leben Angst gehabt, aber nichts – NICHTS – hätte ihn auf den Anblick einer Armee aus Kindern vorbereiten können, groß wie Berge, die mit marathonlangen Schritten auf ihn zu donnerten.

Ich werde ganz sicher zerquetscht werden, dachte Charlie entsetzt.

Irgendwie musste er ihnen aus dem Weg gehen.

Vielleicht könnte er es mit Springen versuchen.

Charlie sprang.

Und er sprang höher und weiter und schneller, als er es je für möglich gehalten hätte. Er war Superman, segelte mit einer solchen Leichtigkeit durch die Luft, dass es sich anfühlte, als könnte er wieder fliegen.

Und bei seinem zweiten Sprung wusste er ganz genau, was er war.

Charlie war ein Floh.

Er hüpfte zwischen den Beinen der Kinder umher, von hier nach da, und war begeistert von seinen neugefundenen turnerischen Fähigkeiten.

Er musste allerdings immer noch aus dem Korridor verschwinden, und zwar schnell. Sollte er sich hier in sein normales Ich zurückverwandeln, würden ihn alle sehen. Und das wäre überhaupt *ganz und gar* nicht gut.

Charlie hüpfte von Kind zu Kind. Er sprang hoch, von Beinen zu Armen, bis er endlich auf dem Kopf einer großen Fünftklässlerin landete und sich in ihren Haaren niederließ. Von hier hatte Charlie eine perfekte Aussicht. Er hatte eine weite Strecke zurückgelegt. Er war fast am Ende des Flurs angelangt. Wenn er in ein Klassenzimmer schlüpfen könnte, standen die Chancen gut, dass es leer stand, weil Mittagspause war. Dann könnte er sich hoffentlich schnell zurückverwandeln, ohne dass ihn jemand beobachtete.

Er blickte in das Gesicht des Schülers neben dem Mädchen, auf dem er unterwegs war – es war Teddy, Dylans bester Freund.

Obwohl es ihn Zeit kosten würde, konnte Charlie nicht widerstehen. Er sprang Teddy auf die Schulter und dann hinauf zu seinem Hals. Und so fest er konnte, biss er kräftig zu.

Doch für einen Augenblick hatte Charlie vergessen, warum Flöhe beißen. Ehe er es sich versah, saugte er Teddys Blut. Angeekelt musste er würgen, hörte auf zu beißen und versuchte das Blut auszuspucken. Obwohl er sich ekelte, machte es ihn glücklich zu wissen, dass Teddy einen fiesen, juckenden Flohbiss davongetragen hatte.

Von Kopf zu Kopf sprang er über das Meer aus Kindern, das sich vor ihm erstreckte.

Boing! Auf den Lockenkopf von Francis aus der 3a.

Boing! Auf die langen geflochtenen Zöpfe von Ava aus der 4b.

Boing! Auf die kurze Igelfrisur von James aus der 2c.

Und so sprang und hüpfte er die ganze Strecke entlang bis ans Ende des Flurs.

Beim ersten Klassenzimmer – dem der Klasse 2d – krabbelte er unter der Tür hindurch in ein zum Glück ruhiges Klassenzimmer. Es war riesig, und er war winzig, sodass er unmöglich alles überblicken konnte, aber anscheinend war die Luft rein.

Er hielt still und wartete. Und wartete.

Und wartete.

Und dann spürte er mit einer Welle der Erleichterung, wie die Verwandlung einsetzte. Seine Arme, seine Haare, seine Haut, alles kehrte zurück. Er wuchs und ehe er sichs versah, war er wieder nichts weiter als der alte Charlie McGuffin und stand in einem ruhigen Zimmer.

„Hallo, Charlie. Ich dachte mir schon, dass du vielleicht hier aufschlagen würdest."

Charlie fuhr herum.

Hinten im Raum stand Dylan. Und er hatte sein Handy direkt auf Charlie gerichtet.

„Sag Hallo zur Kamera, Charlie. Wink mal. Ich habe die ganze Show aufgenommen. Den ganzen ekligen Anblick, wie du dich von einem winzigen Insekt zurück in Charlie verwandelst."

Charlie schluckte.

„Gib mir das Telefon, Dylan."

„Oh, nein", kicherte Dylan. „Keine Chance. Wir werden berühmt, du und ich. Wir müssen nicht darauf warten, dass du dich während des Theaterstücks vor aller Augen verwandelst. Diese Exklusiv-Aufnahme wird viral gehen. Jetzt werde ich reich und du bist erledigt und wirst diese Schule für ein und allemal verlassen müssen."

„Bitte, Dylan. Gib es mir einfach."

„Oh, okay, ja, vergiss den ganzen Plan, hier, nimm das Telefon. NICHT. Ich bin kein Idiot, Charlie."

„Darüber lässt sich streiten."

„Mich zu beschimpfen, hilft dir auch nicht, Charlie. Nichts kann dir helfen. Auf Wiedersehen, Charlie McGuffin."

Und damit steckte Dylan das Telefon in seine Tasche und verließ das Klassenzimmer.

Charlie jagte ihm hinterher, rief ihm im Flur nach.

Dylan beachtete ihn einfach nicht.

Das war's also. Charlie war erledigt.

Wie aus dem Nichts walzte ein Brokkolistängel von der Größe eines Kindes um die Ecke und stieß frontal mit Dylan zusammen, der rückwärts auf seinen Hintern plumpste.

Es war Wogan, dicht gefolgt von Flora und Mohsen.

Dylan rappelte sich auf und klopfte sich den Staub ab. „Passt doch auf, wo ihr hingeht, ihr Idioten!", sagte er wutschnaubend und stürmte den Flur hinunter.

„Was hat der denn für ein Problem?“, fragte Wogan nach Luft schnappend. „Und wo bist du gewesen? Wir haben dich überall gesucht, seit du von der Generalprobe abgehauen bist. Was ist passiert?“

„Na, was schon? Ich habe mich wieder verwandelt.“

„Mach Sachen! In was diesmal?“

„In einen Floh“, antwortete Charlie.

„Wow! Kein Wunder, dass du so schnell ge*floh*en bist“, sagte Mohsen und grinste über seinen eigenen Witz.

Flora und Charlie warfen Mohsen einen bösen Blick zu. Wogan sah verwirrt aus.

„Das ist nicht der richtige Zeitpunkt für Scherze, Mohsen“, sagte Flora.

„Egal, das ist jetzt nicht wichtig“, sagte Charlie. „Ich habe andere Probleme, um die ich mir Sorgen machen muss. Ich stecke in großen Schwierigkeiten.“

„Größer als sonst?“, sagte Mohsen.

„In den allergrößten. Dylan ist mir gefolgt und hat gefilmt, wie ich mich zurückverwandelt habe. Er hat gesagt, dass er es der ganzen Welt zeigen wird. Ich bin also praktisch ein toter Mann, außer wir können Dylan irgendwie sein Telefon abluchsen, bevor er irgendetwas mit dem Video anstellt."

„Meinst du dieses Telefon?", sagte Flora.

Die drei Jungen sahen zu Flora, die ein Telefon in der Hand hielt.

„Ja", sagte Charlie. „Genau so ein Telefon ist es."

„Das mag daran liegen, dass es Dylans Telefon *ist*", sagte Flora Augen zwinkernd.

„Hör mal, Flora, jetzt ist nicht der richtige Zeitpunkt für noch mehr von deinen verrückten …"

„Er hat es fallen lassen", unterbrach Flora. „Als Wogan mit ihm zusammengestoßen und er hingefallen ist."

„Du … du machst Witze?!", sagte Charlie mit offenem Mund und sah dabei aus, als würde er wie ein sterbender Fisch nach Luft schnappen.

„Ich habe gesehen, wie es ihm aus der Tasche geflogen ist. Also habe ich es aufgehoben. Eigentlich wollte ich es ihm zurückgeben, aber er war so unhöflich, dass ich es irgendwie aus Versehen behalten habe. Du kannst das Video also einfach löschen und es ihm dann gleich wieder zurückgeben.“

„Flora“, keuchte Charlie. „Du bist eine echte Lebensretterin.“ Charlie nahm Flora das Telefon aus der Hand und löschte das Video. Ohne nachzudenken, grinste er sie an und sagte: „Ich könnte dich küssen.“

Flora wurde rot bei diesen Worten. Und Charlie errötete ebenfalls.

Kapitel 9

Dylan das Handy zurückzugeben, war bei Weitem der Höhepunkt von Charlies Woche. Lange würde Charlie nicht vergessen, was für ein Gesicht Dylan gemacht hatte, als er entdeckte, dass das Video gelöscht worden war: Es war irgendwo zwischen knallrot und violett gewesen, eine wunderbare Mischung aus Fassungslosigkeit und Wut.

Aber nach diesem Spaß konzentrierten sich Charlie und seine Freunde alle wieder auf das eigentliche Problem: Wie konnten sie verhindern, dass Charlie sich in ein Tier verwandelte – und zwar am besten noch vor der Theatervorstellung?

Erst am darauffolgenden Tag hatte Flora sich ein Experiment überlegt, um ihre neueste Theorie – dass Stress der Grund für seine Verwandlung war – zu testen. Zwar war seine Verwandlung in einen Floh während der Generalprobe ein weiteres Indiz dafür gewesen, aber Flora musste ganz sichergehen. Sie brauchte einen endgültigen, absoluten Beweis. Und wie genau sie den kriegen würden, offenbarte Flora Charlie, als sie alle gemeinsam Tennis spielten. Sie hatten gerade einen langen Ballwechsel hinter sich und eine Verschnaufpause eingelegt.

„Ich glaube, ich weiß, wie wir es machen. Heute Morgen ist mir etwas eingefallen. Aber es wird dir nicht gefallen."

„Was für eine Überraschung!", sagte Charlie.

„Nein. Es wird dir echt nicht gefallen", sagte Mohsen.

„Ich bin mir sicher, dass es mir nicht gefallen wird", sagte Charlie.

„Nein. GANZ, GANZ ernsthaft nicht. Du wirst es hassen", sagte Wogan.

„Ach, sagt es mir jetzt einfach! So schlimm kann es nicht sein."

„Alles klar", sagte Flora. „Alles klar. Okay. Los geht's. Ich möchte, dass du Folgendes tust. Ich werde dir jetzt gleich sagen, was du machen sollst. Okay. Bist du bereit?"

„Ja! Sag schon! *So* schlimm kann es nicht sein!"

Es war *so* schlimm. Schlimmer sogar.

„Also dann", sagte Flora. „Du musst..." Sie holte tief Luft. „...in Ms Fires Büro einbrechen und ihren Affen rasieren."

So aus dem Zusammenhang gerissen, ist das ein ziemlich merkwürdiger Satz. Also beantworten wir am besten gleich ein paar eurer Fragen und fahren dann mit der Geschichte fort.

Josh, neun, aus Whitstable fragt: ***„Hat Ms Fire in echt einen lebendigen Affen in ihrem Büro?"***

Es wäre genial, wenn Ms Fire tatsächlich einen echten Affen in ihrem Büro hätte, aber das ist natürlich Quatsch. Das hier ist ein sehr ernsthaftes Buch über einen Jungen, der sich in Tiere verwandeln und Fäden aus seinem Popo schießen kann und in den sich zahlreiche Tauben mit furchtbarem französischem Akzent verlieben. Also, nein, natürlich hat sie in ihrem Büro keinen echten *Affen. Dumme Frage, Josh aus Whitstable. Ich weiß, du bist erst neun, aber deine Eltern müssen ganz schön enttäuscht von dir sein. Ehrlich gesagt sind wir alle ein bisschen enttäuscht von dir.*

„Also, wenn das so ist, was ist der Affe dann?", fragte Jennifer, acht, aus Ballina im County Mayo in Irland.

Ausgezeichnete Frage, Jennifer. Du bist eindeutig ein helles Köpfchen. Also, lass mich dir erklären, worum es sich bei dem Affen handelt. Es ist ein riesiger Plüschaffe. Er ist so groß wie du, Jennifer. Ja, wirklich *so groß.*

„Woher kommt dieser Affe?", fragt Josh, neun, aus Whitstable.

Okay, Josh. Das ist eine viel bessere Frage. Du hast dir die Kritik zu Herzen genommen. Du hast dich am Riemen gerissen. Deine Haltung beeindruckt mich. Gut gemacht.

„Sie haben meine Frage nicht beantwortet“, sagt Josh, neun, aus Whitstable.

Da ist was dran, Josh. Die Antwort auf die Frage lautet, dass es niemand so richtig weiß. Einige behaupten, dass Mr Wind gesehen wurde, wie er mit dem Affen unterm Arm die „Enten angeln“-Bude bei der örtlichen Kirmes verlassen hat und der Affe in derselben Woche in Ms Fires Büro aufgetaucht ist, aber das ist nur ein Gerücht.

„Wie um alles in der Welt soll Charlie in Ms Fires Büro einbrechen und den Affen rasieren? Und womit soll er den Affen überhaupt rasieren?“, fragen Mr (achtundvierzig) und Mrs (sechsundvierzig) Lloyd aus Wimbledon.

Tja, Mr und Mrs Lloyd aus Wimbledon, da werden Sie wohl warten und es selbst herausfinden müssen. Denn davon handelt die Geschichte. In Kürze wird sich alles klären. Haben Sie noch ein wenig Geduld.

„Ist es nicht illegal, in ein Büro einzubrechen und den Plüschaffen von jemandem zu rasieren?“, fragt Josh, neun, aus Whitstable.

Hör mal, Josh. Du hast bereits zwei Fragen gestellt, okay? Und gerade hast du den Erfolg deiner zweiten Frage zunichtegemacht. Nimm diese Geschichte nicht zu ernst. Das hier ist ein albernes Buch über einen Jungen, der sich in Tiere verwandeln und Fäden aus seinem Popo schießen kann und in den sich zahlreiche Tauben mit furchtbarem französischem Akzent verlieben. Also vergessen wir einfach jegliche rechtlichen Folgen, ja? Einverstanden, Josh? Gut. Okay. Zurück zur Geschichte. Bitte keine Unterbrechungen mehr.

„Nur damit keine Missverständnisse aufkommen. Ihr wollt also, dass ich in Ms Fires Büro einbreche und ihren Affen rasiere?“, fragte Charlie ungläubig.

Flora nickte. „Ganz richtig.“

„Ich glaube, wir müssen dich zum Arzt bringen. Jetzt bist du vollkommen durchgedreht. Du bist wirklich und ernsthaft verrückt. Verrückt im Kopf.“

„Das bin ich nicht. Nur so können wir ganz sicher sein.“

„Nur so können wir ganz sicher sein, dass ich nachsitzen muss, bis ich achtzehn bin, UND meine Eltern mich kopfüber an die Decke hängen, bis ich ausziehe.“

„Charlie, hör zu. Wir müssen *absolut* sicher wissen, was der Auslöser für deine Verwandlung ist, bevor wir herausfinden können, wie man das Ganze aufhalten kann. Und uns bleiben nur noch sechs Tage bis zum Theaterabend.“

„Tja, dem kann man nicht widersprechen“, sagte Wogan.

„Doch, kann man. Und ich widerspreche.“ Charlie verschränkte die Arme.

„Na gut, okay, man kann“, sagte Wogan. „Aber sie hat recht.“

Für einen Moment schwiegen die vier. Boing! Boing! Wogan ließ einen Ball mit seinem Schläger in der Luft auf- und abhüpfen.

„Komm schon, Charlie. Das wirst du dein Leben lang nicht vergessen“, sagte Flora.

Charlie starrte Flora eine Ewigkeit an, dann platzte er.

„AAAHRRRRRRGH OKAY ICH MACH'S ICH MACH'S AHRRRRRRGH!"

Flora strahlte.

„Oh, Charlie! Du tust das Richtige. Die Wissenschaft wird es dir danken. Wie Neil Armstrong machst du einen großen Schritt für die Menschheit."

„Ich fass es nicht, dass ich SCHON WIEDER bei einem deiner LÄCHERLICHEN Pläne mitmache. Ich muss verrückt sein. Verrückter als du."

„Du bist nicht verrückt. Du bist mutig", sagte Flora.

„Na ja, ein bisschen verrückt ist er schon. Ich meine, in Ms Fires Büro einzubrechen? Ihren Affen zu rasieren? Das ist das sichere Todesurteil", sagte Wogan hilfreich.

„Wogan!", sagte Flora und funkelte Wogan böse an. „Das ist echt nicht hilfreich. Gar nicht."

„Okay. So viele Fragen. Wo soll ich anfangen? Erste Frage: Wie soll ich den Affen rasieren?"

„Keine Sorge. Ich habe alles bis ins Detail geplant. Benutzt dein Dad einen Elektrorasierer?"

„Ja", antwortete Charlie.

„Na bitte, da hast du's. An diesem Tag leihst du dir einfach den Elektrorasierer von deinem Dad."*

„Ach. So einfach."

„Ja, genau. So einfach."

„Und wann machen wir es?"

„Wir warten einfach, bis sie ihr Büro in der Mittagspause verlässt. Dann schleichst du dich rein, rasierst den Affen und schleichst dich wieder raus. Ein Klacks."

---

* Sehen Sie, Mr und Mrs Lloyd, ich hab Ihnen doch gesagt, dass Sie es noch herausfinden werden.

„Ja. Ein Klacks“, sagte Charlie, der fand, dass es sich genauso leicht anhörte, wie den Himalaja in die Alpen zu versetzen. „Und was passiert, wenn ich erwischt werde?“

„Du *wirst nicht* erwischt. Wir werden Schmiere stehen. Vertrau mir.“

„Ja, genau. Dir vertrauen. Das ist ja das Problem.“

„Du *vertraust* mir doch, oder, Charlie?“, sagte Flora.

„Absolut. Einhundertprozentig“, sagte Charlie, der Flora in diesem Augenblick etwa so weit traute, wie er sie werfen konnte.*

„Also, wann soll's losgehen?“

„Morgen“, sagte Flora mit einem schalkhaften Funkeln in den Augen. „Autsch!“, rief sie plötzlich und rieb sich übers Gesicht.

---

* Charlie konnte Flora ungefähr 26 Zentimeter weit werfen. Also vertraute Charlie Flora etwa 26 Zentimeter weit, was überhaupt keinen Sinn macht, wenn man darüber nachdenkt. Schließ daraus einfach, dass Charlie Flora nicht besonders vertraute, und denk nicht weiter darüber nach. Allerdings solltest du noch wissen, dass Charlie nie wirklich versucht hat, Flora zu werfen. Die hat nämlich einen blauen Gürtel in Karate und würde ihn wahrscheinlich verprügeln, sollte er das je versuchen.

„Was?“, fragte Charlie.

„Ich glaube, ich habe einen Schalk im Auge“, sagte Flora. „Er muss gerade hineingeflogen sein.“

„Sollen wir dich zum Schulklo bringen?“, fragte Wogan ein wenig besorgt. „Vielleicht kommt es heraus, wenn du dir Wasser ins Auge spritzt.“

„Danke, Wogan. Ja, bitte. Es tut ziemlich weh“, sagte Flora und rieb sich immer noch das Auge.

„Okay, bis später, Charlie“, sagte Wogan.

„Bis gleich, Charlie“, sagte Mohsen.

Und damit marschierten Wogan, Mohsen und Flora davon und ließen Charlie stehen, in dessen Kopf Gedanken an glatzköpfige Affen und sichere Todesurteile durcheinanderwirbelten.

FIRE
Achtung!

Kapitel 10

Wogan, Mohsen, Flora und Charlie lagen auf der Lauer. Sie hatten schnell ihr Mittagessen hinter sich gebracht und hingen jetzt im Flur in der Nähe von Ms Fires Büro herum. Der Elektrorasierer von seinem Dad, den er heute Morgen in seine Schultasche geschmuggelt hatte, beulte Charlies Hosentasche aus. Wenn er ihn gleich nachdem er wieder zu Hause war, zurück ins Badezimmer brachte, würde sein Dad es nie bemerken.

Die Minuten tickten, während sie nervös darauf warteten, dass Ms Fire ihr Büro verließ.

Endlich schwang die Tür auf, Ms Fire kam heraus und marschierte Richtung Schulcafeteria.

„Okay, Leute! Geht auf eure Positionen!“, flüsterte Flora theatralisch.

Wogan sauste Ms Fire hinterher. Er platzierte sich im nächsten Gang, sodass er den perfekten Blick auf sie in der Kantine hatte, wo sie gleich ein Tablett in den Händen halten und ihr Mittagessen auswählen würde. Wenn Ms Fire irgendetwas tat, konnte Wogan Mohsen warnen, der an der Ecke stand, von wo aus er sowohl Wogan als auch Flora sehen konnte, die mit Charlie draußen vor Ms Fires Büro warteten. Wogan gab Mohsen das Daumen-hoch-Zeichen und Mohsen drehte sich um und gab Flora das Daumen-hoch-Zeichen.

„Okay. Es ist so weit. Viel Glück, Charlie McGuffin“, sagte Flora.

Irgendetwas nagte quälend in Charlies Hinterkopf, aber er wischte es beiseite. Der Plan stand. Jetzt oder nie.

Feierlich nickte er Flora zu und warf einen raschen Blick den Flur hoch und runter, um sicherzugehen, dass die Luft rein war. Er legte seine Hand auf den Türgriff, schluckte und schlüpfte blitzschnell in das Büro.

In dem Moment, als die Tür hinter ihm ins

Schloss fiel, wusste er, was ihn gequält hatte. Er musste dringend pieseln. Er öffnete die Tür wieder.

„Flora!“

„Was willst du?“, fragte Flora. „Geh wieder rein!“

„Meine Blase platzt gleich. Ich muss dringend aufs Klo!“

„Charlie, dafür haben wir jetzt keine Zeit!“, sagte Flora und schlug sich mit der Hand gegen die Stirn. „Geh wieder rein und rasier den Affen! Ms Fire kann jeden Augenblick zurückkommen. Du kannst später aufs Klo gehen!“

„Okay, okay. Ich geh rein.“

Widerstrebend schlich Charlie sich zurück ins Büro und versuchte zu vergessen, dass er pinkeln musste. Er schloss die Bürotür hinter sich und trippelte auf Zehenspitzen in die stickige Stille.

Es war ein ziemlich gewöhnliches Büro, abgesehen von Ms Fires wertvollen Orchideen, die in einer Reihe auf dem Fensterbrett standen. Und natürlich saß dort oben auf dem Bücherregal ein riesiger Plüschaffe genau wie ein riesiger Plüschaffe auf einem Bücherregal. Charlie kam unmöglich an ihn heran, also zog er Ms Fires Drehstuhl herüber und kletterte drauf.

Inzwischen bemerkte Wogan, der Ms Fire hinterherspionierte, als Erster, dass die Sache gleich schiefgehen würde. Schrecklich, schrecklich schiefgehen. Entsetzt beobachtete er, wie Ms Fire ihre Taschen abklopfte, als hätte sie etwas verloren, „ts-ts" machte und auf Wogan zukam, der vor Schreck zur Salzsäule erstarrte. Sein Gehirn setzte aus. Zum Glück sprang sein Körper in Aktion. Wie wild winkte er Mohsen zu.

Dummerweise hatte Mohsen genau in diesem Augenblick einen besonders tief sitzenden Popel entdeckt und widmete diesem statt dem wie wild winkenden Wogan seine gesamte Aufmerksamkeit. Wogan begriff, dass, egal wie heftig er winkte, Mohsen ihn schlicht nicht sehen würde. Ms Fire war schon fast bei ihm, also entschloss Wogan sich, zu Mohsen zu rennen.

„Sie kommt!", keuchte Wogan.

„Was?", sagte Mohsen, der immer noch einen Finger tief in seinem linken Nasenloch stecken hatte.

„Fire kommt! Guck doch!"

Auf Mohsens Gesicht breitete sich Entsetzen aus, als er sah, wie Ms Fire mit großen Schritten auf ihr Büro zusteuerte. Sofort fuhr er herum und winkte Flora wie wild zu.

Flora war zum Glück gut im Schmierestehen. Sie wurde blass, als sie Mohsens panisches Winken sah, und klopfte schnell dreimal an die Bürotür. Das war das verabredete Zeichen, damit Charlie sich versteckte. Sie konnten es nicht riskieren, dass Charlie das Büro verließ und man ihn womöglich dabei entdeckte, also hatten sie ausgemacht, dass Charlie sich verstecken würde, für den Fall, dass Ms Fire früher zurückkam, und Flora sie aufhalten würde, damit Charlie mehr Zeit hatte, sich ein Versteck zu suchen.

Als Charlie Flora dreimal scharf klopfen hörte, rutschte ihm das Herz fast aus der Hose und über den Boden.

Er sprang vom Drehstuhl herunter und sah sich in blinder Panik um. Er tauchte unter den Schreibtisch und rollte sich zu einer Kugel zusammen. Dann zuckte er entsetzt zusammen, als er sah, dass er den Stuhl am Bücherregal hatte stehen lassen und nicht wieder an den Schreibtisch geschoben hatte, wo er hingehörte. Er krabbelte wieder hervor und zog den Stuhl zurück, als er plötzlich Floras laute Stimme draußen vor der Tür hörte.

„Oh, hi, Ms Fire."

„Guten Tag, mein Kind. Geh mir aus dem Weg, damit ich mein Büro betreten kann." Ms Fires messerscharfe Stimme schnitt durch die geschlossene Tür.

„Aber … wie geht es Ihnen, Ms Fire?"

„Hinlänglich zufriedenstellend, danke dir, wenn du jetzt aus dem Weg gehen würdest …"

„Ms Fire, darf ich Ihnen sagen, dass Sie heute wirklich sehr hübsch aussehen? So wie die Sonne durch das Fenster auf Ihren Kopf scheint, sehen Ihre Haare aus wie ein verrückt gewordener Feuerball."

Charlie krabbelte rückwärts unter den Tisch und zog den Stuhl hinter sich her.

„Hmm. Äh, ja, wahrscheinlich sollte ich dafür Danke sagen. Und jetzt geh mir aus dem Weg, Kind."

„Aber, Ms Fire, darf ich Ihnen schnell noch etwas zeigen, ich habe diesen merkwürdigen Ausschlag …"

„Dann geh zur Schulkrankenschwester, mein Kind. Geh. Mir. Aus. Dem. Weg. Sofort!"

Gerade als Charlie sich eng unter dem Schreibtisch zusammengerollt hatte, öffnete sich die Bürotür. Charlie hörte auf zu atmen, vor lauter Angst, das Geräusch könnte ihn verraten.

Ms Fire kam herein. Charlie sah ihre Füße. Aus ihren vorne offenen Sandalen ragten lange Zehennägel hervor. Hätte Charlie es nicht besser gewusst, hätte er schwören können, dass die Zehennägel angeknabbert waren.

Charlie hielt weiter die Luft an. Er wusste, dass die Luft ihm gleich mit einem lauten Keuchen entweichen würde. Sein Herz hämmerte. Jetzt musste er *wirklich* pieseln.

Ms Fire nahm etwas von ihrem Schreibtisch, das verdächtig wie ein Schlüsselbund klimperte, steckte es in ihre Tasche und ging zur Tür.

Ohne dass Charlie oder Flora es sahen, drückte sie einen kleinen Knopf an der Türklinke, verließ das Büro und zog die Tür hinter sich ins Schloss.

Erleichtert atmete Charlie auf.

Das hätte er wirklich nicht tun sollen. Und er *hätte* es bestimmt nicht getan, wenn er gewusst hätte, dass der winzige Knopf, den Ms Fire gedrückt hatte, sein Schicksal besiegelte.

Denn durch den Knopf hatte sich die Tür automatisch hinter Ms Fire verriegelt. Jetzt konnte man sie nur noch mit einem Schlüssel öffnen. Einem Schlüssel, der in Ms Fires Jackentasche steckte.

Aber das wusste Charlie nicht, als er unter dem Tisch hervorsprang, den Stuhl wieder hinüber zum Bücherregal schob und den Affen herunterzog.

Er holte den elektrischen Rasierer seines Vaters hervor, schaltete ihn ein und begann den Affen zu rasieren. In der Stille von Ms Fires Büro kam der Rasierer ihm ohrenbetäubend laut vor.

Schwarze Haarbüschel segelten durch die Luft und fielen ihm zu Füßen.

Es dauerte länger, als er gedacht hatte. Es war ein GROSSER Affe und der Rasierer schaffte eben nicht mehr. Die Sekunden verstrichen. Der Rasierer summte und schwarzes Fell fiel zu Boden. Schon bald war der Affe zur Hälfte rasiert. Ganz kurz überkamen Charlie Schuldgefühle – immerhin zerstörte er das Kuscheltier von jeman-

dem. Aber es war für die Wissenschaft, rief er sich in Erinnerung. Und er war verzweifelt.

Der Druck in seiner Blase wurde immer schlimmer. Er musste sich beeilen. Er rasierte weiter, ein kleiner Fellberg wuchs zu seinen Füßen heran. Der Affe war jetzt zu drei Vierteln rasiert. Nur noch sein Kopf und sein Hintern fehlten.

Es würde knapp werden. Der Druck in seiner Blase war kaum noch auszuhalten.

Der Kopf war erledigt. Nur noch der haarige Affenarsch fehlte.

Der kahlköpfige Affe sah jetzt wirklich sehr seltsam aus, wie ein blasser, dürrer Außerirdischer. Mit einem haarigen Hintern.

Die letzten Haarbüschel fielen zu Boden. Fertig! Charlie sprang wieder auf den Stuhl und warf das kahlköpfige, außerirdische Affenwesen zurück auf das Bücherregal. Schnell kehrte er die Haare auf und warf sie in den Mülleimer. Er würde sich in die Hose machen, wenn er jetzt nicht auf schnellstem Weg das Büro verließ. Er schob den Stuhl zurück an den Schreibtisch und rannte zur Tür.

Er drückte die Türklinke.

Sie bewegte sich nicht.

Er drückte fester.

Nichts zu machen.

Charlie war in Ms Fires Büro eingesperrt. Er war ein Gefangener.

In der Tür befand sich ein kleines quadratisches Fenster, an das er gerade so heranreichte, wenn er sich auf die Zehenspitzen stellte. Er spähte hinaus und sah Flora. Er klopfte an das Fenster.

„Flora! Hilfe!“, schrie Charlie flüsternd. „Es ist abgeschlossen!“

„Was?“, schrie Flora flüsternd zurück. „Ich kann dich nicht hören!“ Sie zeigte auf ihre Ohren und schüttelte den Kopf.

„Argh!“, schrie Charlie frustriert. „Ich sitze fest und mach mir gleich in die Hose!“

„Du machst ein Fest und brauchst Buttermilch in der Dose?!“, antwortete Flora durch das Fenster und sah sehr verwirrt aus. „Geht es dir gut, Charlie?“

„Nein!“, zischte Charlie ein bisschen lauter. „Ich kann nicht raus! Ich sitze fest! **ICH BIN EINGESPERRT!**“

Die Einsicht in Charlies bedrohliche Lage traf Flora wie ein Wink mit dem Zaunpfahl – um einmal diesen schwergewichtigen Vergleich zu bemühen.

Sie keuchte auf. „Du bist eingesperrt?“ Sie rüttelte am Türgriff und zog wie wild daran. Er gab keinen Millimeter nach.

Traurig sah Charlie durch das Fenster zu Flora. Sie erwiderte seinen Blick, in ihrem Gesicht lag eine Mischung aus Entschuldigung, Mitleid und Verzweiflung.

„Was soll ich tun?“, formte Charlie mit dem

Mund, Panik stand in seinem Gesicht. „Ich piesele gleich los!“

„Mach in die Orchideen!“, schrie Flora in einem Geistesblitz.

„Was? Das geht nicht!“

„Das geht! Pinkle in die Blumentöpfe! Ms Fire wird es nie bemerken!“, drängte Flora.

Da wurde Charlie klar, dass er keine andere Wahl hatte. Die ersten Tropfen kamen schon.

„OH GOTT, OKAY, OKAY! ICH MACH’S!“

Er sauste hinüber zu den Orchideen, schloss die Augen und betete, dass Ms Fire jetzt nicht hereinplatzen und ihn erwischen würde.

Er pieselte in die erstbeste Orchidee.

Der Druck verwandelte sich sofort in Erleichterung, während er den Topf füllte.

Doch der Topf war sehr schnell gefüllt und Charlie musste mit einem panischen Hüpfer zum nächsten Orchideentopf springen und dort weiterpinkeln.

Bis er fertig war, hatte Charlie vier Blumentöpfe gefüllt.

Aber das war Charlie egal. Charlie fühlte sich *fantastisch*. Für einen kurzen Moment.

Dann fiel ihm wieder seine schreckliche Lage ein.

Er war gefangen in Ms Fires Büro mit einem rasierten Affen, einem Elektrorasierer, einem Mülleimer voll schwarzem Fell und vier Orchideentöpfen randvoll mit Pipi.

Er überprüfte die Fenster. Man konnte sie nur ganz oben öffnen und er konnte unmöglich dort hinaufklettern. Er versuchte es noch einmal an der Tür – aus verrückter, rasender Verzweiflung –, aber sie war immer noch fest verschlossen, egal, wie heftig er am Türgriff rüttelte.

Fieberhaft sah er sich um. Es musste einen Weg hier heraus geben.

Es gab keinen.

Plötzlich klopfte es dreimal an der Tür. Floras entsetztes Gesicht tauchte am Fenster auf. Sie formte zwei einfache, deutliche Worte mit dem Mund.

„Sie kommt.“

Charlie hatte das Gefühl, die Welt um ihn herum würde zusammenbrechen.

Und dann schickte Flora noch vier weitere kurze Worte hinterher: *„Es tut mir leid.“*

Charlie wusste, was das zu bedeuten hatte. Sie hatten es vor der Mission besprochen. Wenn die Lage wirklich brenzlig wurde, musste Flora sich aus dem Staub machen. Sie musste sich selbst retten. Er nahm es ihr nicht übel. Er verstand es. Es gab keinen Grund, warum sie sich erwischen lassen sollte.

Charlie andererseits war geliefert. Erledigt.

Flucht war unmöglich.

Er plumpste auf den Boden und erwartete sein Schicksal. Zeitweiser Schulausschluss – auf jeden Fall. Schulverweis – mit ziemlicher Sicherheit. Seine Mum und sein Dad würden total, ganz und gar, hundertprozentig, komplett ausflippen – und das war das Letzte, was sie brauchen konnten, wo der Scan seines Bruders in ein paar Tagen anstand. Er würde für immer Hausarrest bekommen. Er würde alle seinen PS4- und Netflix-Rechte verlieren. Sein Leben wäre nicht mehr lebenswert. Das einzig Gute war, dass diese Geschichte seinen Bruder ganz bestimmt zum Lächeln bringen würde, wenn er sie hörte.

Obwohl er wusste, dass es sinnlos war, kroch Charlie wieder unter den Schreibtisch, dem einzigen Versteck im Büro, und rollte sich zu einer festen Kugel zusammen.

Ein Schlüssel klapperte im Schloss.

Charlie kniff die Augen zu und sein Gemütszustand überschritt die Grenze von Elend zu totaler Trostlosigkeit.

Das Schloss klickte.

Das war Charlies Ende.

Und dann spürte er es. Elektrizität schoss durch

seinen Körper. Heiße Energieschübe brachten sein ganzes Wesen zum Summen.

Sein Körper wurde zusammengequetscht.

Seine Arme verschwanden.

Seine Beine verschwanden.

Seine Haare verschwanden.

Sein Körper streckte sich, wurde länger. Charlies Zunge wuchs. Seine Haut wurde grün und braun, Schuppen tauchten auf.

Die Tür öffnete sich. Schritte.

Er hatte sich verwandelt und er wusste sofort in was. Seine Zunge züngelte aus seinem Mund heraus und er konnte die Luft schmecken, er konnte den Geruch von Ms Fire im Büro schmecken.

Ms Fire stand stocksteif mitten in ihrem Büro und schnüffelte.

Sie schnüffelte noch einmal. Dann begann sie im ganzen Büro herumzuschnüffeln, kam näher und näher und näher an die Orchideen heran.

Sie schnüffelte ein letztes Mal und entdeckte, dass die Orchideentöpfe von Pipi überquollen.

Sie keuchte auf, ihre Hand wedelte vor ihrem Mund auf und ab. „Ich kann es nicht glauben!“

Sie schlich durch ihr Büro, ihre Knopfaugen blickten sich suchend um, bis sie an dem kahlköpfigen Affen im Regal hängen blieben.

Sie stieß einen Schreckensschrei aus und zog den Affen herunter.

„Geoffrey! Was haben sie dir angetan? Wie konnten sie nur …“

Ms Fire blieb wie angewurzelt stehen.

„Moment mal“, murmelte sie vor sich hin. „Die Tür war abgeschlossen. Das heißt, wer auch immer das war, ist immer noch hier … Und es gibt nur einen Ort, wo er sein könnte …“

Sie marschierte hinüber zu ihrem Schreibtisch, ging in die Hocke …

Und schrie.

„**Schlange!!!!!**“

Ms Fire fiel rückwärts auf den Hintern und schrie wieder.

„**In meinem Büro ist eine Schlange!**“

Sie sprang auf, rannte hinaus, warf die Tür hinter sich zu und schloss wieder ab.

Die Lage war ernst.

Charlie war eine Schlange. Er war IMMER NOCH in Ms Fires Büro eingesperrt. Und gleich würde er auf frischer Tat ertappt und hopsgenommen* werden.

* Wahrscheinlich müsste man eher sagen festgenommen, denn Schlangen haben keine Füße und können nicht hopsen.

Kapitel 11

Charlie wusste, dass Ms Fire jeden Augenblick mit Helfern zurückkehren würde. Er musste sich schnell etwas einfallen lassen.

Ihm blieb keine Zeit, das außergewöhnliche Gefühl, eine Schlange zu sein, auszukosten. Keine Zeit, seinen neuen langen, muskulösen Körper zu würdigen. Sein Gehirn war überlastet mit einem Trommelfeuer an neuen Informationen. Jedes Mal, wenn seine gespaltene Zunge aus seinem Mund herauszüngelte, schmeckte er den Geruch von Ms Fires Schweiß, der in der Luft hing, und in seinem Bauch spürte er die sich entfernenden Schritte der Direktorin, die den Flur hinuntersprintete.

Er schlängelte sich über den mit Teppich ausgelegten Boden des Büros, versuchte ein geeignetes Schlupfloch zu finden. Nichts. Er bog seinen Kopf nach oben und entdeckte etwas, das sein Schlangenherz vor Hoffnung höherschlagen ließ: ein Lüftungsschacht hoch oben in der Zimmerecke.

Im Zickzack bewegte er sich durch das Zimmer, streckte seinen langen Körper und versuchte, an den Lüftungsschacht heranzukommen. Aber so sehr er sich auch streckte, es reichte nicht ganz.

Tja, dann muss ich eben den langen Weg nehmen, dachte Charlie.

Er glitt hinüber zum Bücherregal und schlängelte sich über die Bretter bis ganz nach oben. Er spürte die Vibration von mehreren Füßen – vielen Füßen –, die durch den Flur Richtung Büro stampften.

Die Lehrer kamen, und zwar in Hochgeschwindigkeit.

Oben vom Bücherregal konnte er auf die Gardinenstange gleiten und dann weiter auf ihr entlang. Von dort aus kam er vielleicht an den Lüftungsschacht heran.

Er hörte das Geräusch eines Schlüssels in der

Tür und laute Stimmen draußen, die zeterten, dass sie hereingelassen werden wollten.

Charlie streckte seinen langen Körper quer über die Zimmerecke und reichte gerade so mit seinem Kopf bis zum Lüftungsschacht. Seine Zunge züngelte unwillkürlich – er schmeckte Staub, Spinnen und abgestandene Luft. Er glitt in die Dunkelheit hinein.

Er spürte, wie Ms Fires Tür aufflog und Schritte in das Büro stolperten, gerade als sein Schwanzende im Lüftungsschacht verschwand.

„Findet sie!"

„Wo ist sie?"

„Sind Sie absolut *sicher*, dass es eine *Schlange* war, Ms Fire?"

Die Stimmen hallten hinter Charlie, während er durch den dunklen Schacht glitt, der das Büro verband mit … tja, Charlie hatte absolut keine Ahnung, wohin er führte. Hauptsache, er war aus dem Büro befreit – und musste nicht pieseln –, alles andere war egal.

Und Hauptsache, er verwandelte sich NICHT zurück, solange er noch im Schacht steckte. Das wäre mehr als der blanke Horror. Wenn er sich plötzlich in den originalgroßen Charlie in einem Raum zurückverwandelte, in den kein originalgroßer Charlie hineinpasste, wären die Konsequenzen in der Tat sehr unschön.

Also glitt er so schnell er konnte durch den engen Schacht, bis er zum nächs-

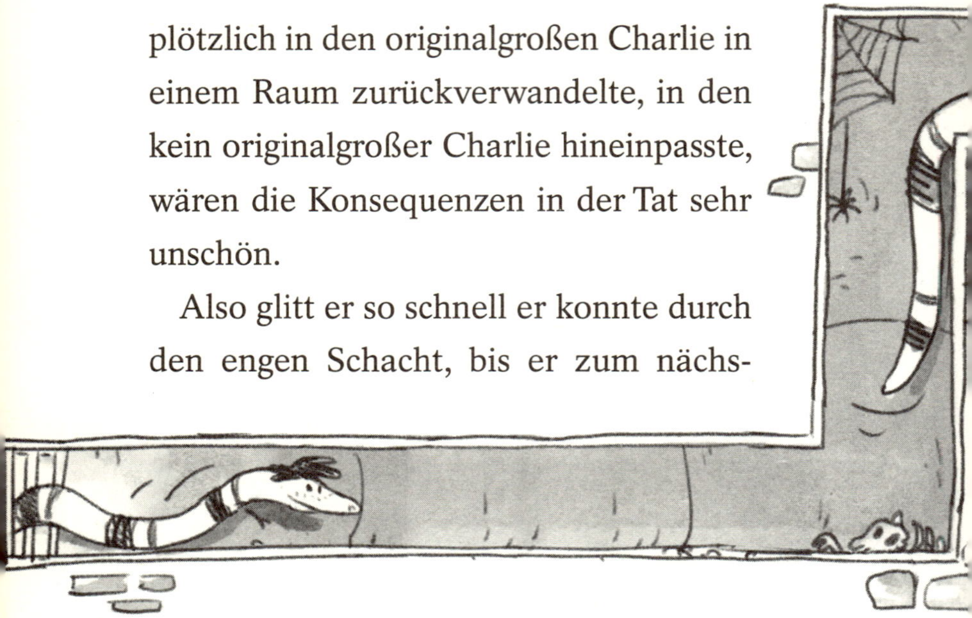

ten Lüftungsgitter kam. Noch bevor er den Kopf durch das Gitter steckte, roch er bereits, dass es sich um eine Toilette handelte. Er schlängelte sich schnurstracks durch den Spalt in eine hell erleuchtete und zum Glück leere Toilette. Auf direktem Weg glitt er die Wand hinunter in eine leere Kabine und versuchte sich an einer Bestandsaufnahme seiner Lage.

Wenn er einfach abwartete, dann würde er sich zurück in Charlie verwandeln, und alles wäre in Ordnung. Er konnte es kaum erwarten, es den anderen zu erzählen: Flora hatte *recht*. Sie hatte

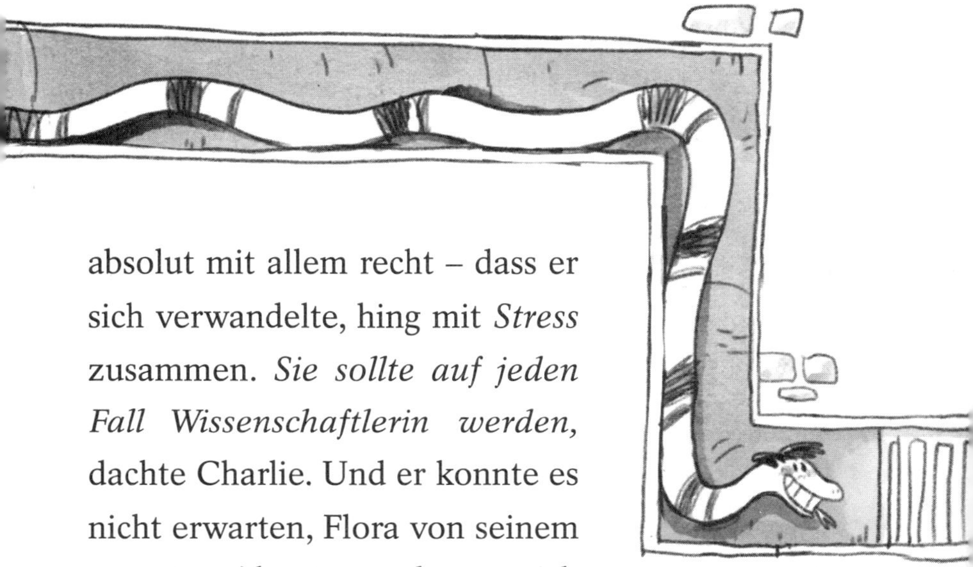

absolut mit allem recht – dass er sich verwandelte, hing mit *Stress* zusammen. *Sie sollte auf jeden Fall Wissenschaftlerin werden,* dachte Charlie. Und er konnte es nicht erwarten, Flora von seinem neuesten Abenteuer, dass er sich in eine Schlange verwandelt und vor den randalierenden Lehrern geflüchtet war, zu erzählen. Charlie hoffte, dass sie ihn vielleicht für ziemlich mutig hielt.

Aber zuerst musste er sich zurückverwandeln. Und solange niemand in die Toilette kam, dachte Charlie, war alles gut.

Charlie hätte diesen letzten Gedanken wirklich nicht denken sollen.

Denn natürlich öffnete sich die Toilettentür, etwa eine Nanosekunde nachdem Charlie das gedacht hatte, und eine Horde Mädchen polterte plappernd und kichernd herein. Er war auf dem

Mädchenklo! Wenn er eine Hand oder eine Stirn gehabt hätte, hätte er sich mit Ersterer gegen Letztere geschlagen.*

Er versuchte zu stöhnen und entdeckte sofort, dass ein langes Zischen herauskommt, wenn Schlangen zu stöhnen versuchen.

Wenn du eine Gruppe lauter, quasselnder Mädchen auf einem Schulklo zum Schweigen bringen willst, dann geht das am schnellsten so:

1. Sei eine Schlange und
2. zisch laut aus einer der Klokabinen.

Und genau das passierte – die Mädchen verstummten sofort erschrocken und erstarrten. Dann drehten sie alle gleichzeitig den Kopf zu der Kabine, aus der das Zischen gekommen war.

---

* Unter den Wissenschaftlern wird heiß diskutiert, ob Schlangen eine Stirn haben. Ein Wissenschaftler hat sogar behauptet, dass der Körper einer Schlange im Grunde eine einzige lange Stirn sei, aber die anderen Schlangologen meiden ihn seitdem wegen seiner bekloppten Theorien und jetzt darf er nicht mehr zur jährlichen Weihnachtsfeier der Schlangologen kommen, was traurig und unfair, aber ziemlich verständlich ist.
Unter den Wissenschaftlern wird nicht diskutiert, ob Schlangen Hände haben.

Langsam, ganz langsam, schoben sich die Mädchen mit angehaltenem Atem zu der Kabinentür. Die mutigste von ihnen, ein Mädchen namens Molly (die später einmal der erste Mensch sein wird, der den Mount Everest mit einem auf dem Rücken festgeschnallten Mini-Lama besteigen wird – frag nicht warum), stellte sich vor die Tür. Sie zögerte nur ganz kurz, legte dann eine Hand auf das Türblatt und drückte es auf.

Und dort, zusammengerollt auf dem Boden der Toilette, lag zu ihrem totalen Entsetzen eine zwei Meter lange Netzpython. Oder Charlie, die Schlange, wie er uns bekannt ist.

Die Stille wurde durchbrochen von vier Mädchen, die aus vollem Halse kreischten, was, wie jeder weiß, das lauteste Geräusch auf dem ganzen Planeten ist.

Die Vibration des Schreis traf Charlie wie eine Hochgeschwindigkeits-Ziegelmauer, wenn Ziegelmauern in Hochgeschwindigkeit unterwegs sein könnten (und wir sollten alle froh sein, dass sie das nicht können). Er verfiel in wahnsinnige Panik und begann sich zu schlängeln und zu winden, woraufhin die Mädchen noch lauter schrien. Und durch die Panikwolke hindurch wurde ihm klar, dass ihm nur noch ein Ausweg blieb.

Charlie holte tief Luft, glitt über den Rand der Kloschüssel und hinein ins Wasser. Ja – hinein ins Pipiwasser. Und er schwamm so schnell er konnte, hinab ins Klo, durch das U-förmige Rohr hindurch und hinein in die Wasserleitungen. Während er schwamm, beschloss er, dass er diesen Teil der Geschichte wahrscheinlich auslassen würde, wenn er Mohsen, Wogan und Flora von seiner Zeit als Schlange berichtete. Sie müssen ja nicht *alle* Details kennen, dachte er, als er an einer kleinen Kackwurst vorbeischwamm.

Charlie ging schnell die Luft aus. Aber vor ihm war ein Rohr, das nach oben führte, und nach oben hieß hoffentlich „Luft“. Seine Lungen drohten zu platzen und er schwamm so kräftig er konnte und sauste pfeilschnell nach oben auf eine sichelförmige helle Licht-Öffnung zu.

Er schoss aus dem Wasser und stieß gegen etwas Weiches.

Etwas Rosiges.

Etwas Fleischiges.

Tja, in der Zwischenzeit hatte sich Charlies Erzfeind Dylan um seine eigenen Angelegenheiten gekümmert.

Um seine eigenen Angelegenheiten gekümmert, indem er auf der Toilette saß.

Und das Letzte, was Dylan sich je hätte vorstellen können, passierte IN ECHT.

Eine zwei Meter lange Netzpython schoss aus der Toilette, auf der Dylan saß, und traf ihn direkt am Hintern.

„**Ouuiiih!**"

Dylan sprang von der Toilette auf, als stünde sie unter Strom. Er klammerte sich oben an der Kabinentür fest, seine Hose hing ihm um die Knöchel, seine Beine strampelten in der Luft. Aber kaum dass er den Kopf gedreht und gesehen hatte, was da aus der Toilette geschossen war, wusste er Bescheid. Er *wusste* einfach, dass es Charlie sein musste.

Währenddessen konnte Charlie sein großes Pech gar nicht fassen. Von allen Ärschen, mit denen er kopfüber hätte zusammenstoßen können, hatte es unbedingt Dylans sein müssen. Er glitt nass glänzend und keuchend aus der Toilette heraus und unter Dylans wild strampelnder Gestalt und der Kabinentür hindurch in den Vorraum der Toilette. Dylan sprang herab, zog sich die Hose hoch und stürmte Charlie durch die Tür hinterher. Er sprang in den Toilettenraum hinaus, und während er Charlie im Auge behielt, ging er in die Hocke und öffnete seine Schultasche vorsichtig so weit er konnte.

Und dann kroch er auf Charlie zu, seine Arme weit ausgebreitet wie Adlerschwingen.

Charlie begriff den Bruchteil einer Sekunde zu spät, was Dylan vorhatte. Er versuchte an ihm vorbeizuhuschen, aber Dylan warf sich auf den Boden und packte ihn. Charlie war stark und konnte jeden einzelnen Muskel in seinem langen Körper einsetzen, aber Dylan lag auf ihm drauf und Charlie konnte nicht weg. Dylan packte ihn im Genick und Charlie konnte nicht fliehen. Sein Kopf wurde in die Dunkelheit von Dylans Schultasche gezwungen und bei dem Geruch von matschiger Banane und stinkenden Socken dachte Charlie, er müsste sich übergeben. So sehr er sich auch wehrte, Dylan schaffte es, ihn Zentimeter für Zentimeter weiter in die Tasche hineinzustopfen.

Der vertraute Elektrizitätsschub hätte sich keinen besseren Zeitpunkt aussuchen können, um durch seinen Körper zu jagen. Charlie spürte das Feuer durch die gesamte Länge seines Körpers hindurch. Allerdings ein Feuer, das gefangen war – im Zaum gehalten, aber lodernd. Er spürte, wie ihm wieder Arme und Beine wuchsen, seine Haare, Hände, Nägel und all seine menschlichen Wesensmerkmale kehrten zurück.

Er spürte, wie Dylan rücklings zu Boden geworfen wurde.

Und dann, mit einem Knall, polterte Mr Wind durch die Tür in den Toilettenraum.

Mr Wind sah Folgendes, als er ins Schulklo stürmte:

1. Dylan, keuchend und auf dem Rücken liegend auf dem Boden.
2. Noch ein Junge, bisher nicht identifiziert, aber von dem wir wissen, dass es Charlie war, ebenfalls auf dem Boden liegend, in einer klatschnassen Schuluniform, dessen Kopf in einer Schultasche steckte.

„**Was hat das zu bedeuten?**“, brüllte Mr Wind. „**Nimm sofort diese Tasche vom Kopf, Junge.**“

Verlegen nahm Charlie die Tasche vom Kopf. Er blinzelte ins Licht. Nach dem Gestank in Dylans Tasche war der Geruch der Toilette eine Erleichterung.

„Kann mir jemand jetzt mal genau erklären, was hier vor sich geht? Warum bist du klatschnass, McGuffin? Und warum um alles in der Welt hast du eine Tasche auf deinem Kopf gehabt?“ Er sah Dylan böse und eindeutig misstrauisch an. Dylans Erfolgsgeschichte als Schulfiesling war allen bekannt. „Warst du das, Junge?“

„Nein, Mr Wind, Sir.“ Dylan tat sein Bestes, um unschuldig auszusehen, war dabei aber nicht sehr überzeugend. Er sah einfach nur aus, als hätte er Verstopfung.

„Nun?“ Mr Wind sah Charlie aus seinen Knopfaugen an. „Du wurdest angegriffen, oder? In die Kloschüssel getunkt, McGuffin?“

Ich könnte dafür sorgen, dass er einen Heidenärger kriegt, dachte Charlie. *Ich müsste nur erzählen …*

Dylan sah Charlie mit einer Mischung aus Trotz und Resignation an. Doch beide überraschten die Worte, die jetzt tatsächlich aus Charlies Mund purzelten:

„Nein, Sir. Dylan hatte nichts damit zu tun. Es war ein Unfall."

Charlie war sich nicht ganz sicher, warum er das gesagt hatte, aber es fühlte sich gut an. Als hätte er das Richtige getan.

Dylan machte Augen so groß wie Suppenteller.

Mr Wind sah Charlie aus zu Schlitzen verengten Augen an.

„Ein Unfall? Was für eine Art von Unfall?", fragte Mr Wind mit einer Stimme, die vor Misstrauen nur so triefte.

„Ich bin gestürzt, Sir. In die Toilette. Und Dylan hat mir herausgeholfen, Sir."

„Du bist gestürzt? In die Toilette?", sagte Mr Wind ungläubig.

„Ja, Sir", sagten beide Jungen gleichzeitig.

„Aber ... wie fällt man in eine Toilette?"

„Gestolpert, Sir", antwortete Charlie, ohne zu zögern.

„Gestolpert", sagte Mr Wind, schüttelte den Kopf und glaubte ihnen eindeutig kein Wort. „Nun, wie ist dann die Tasche auf deinen Kopf gekommen?"

Charlie und Dylan sahen sich an.

Charlie wusste nicht, was er sagen sollte. Wie sollte er das erklären?

„Er hat mir geholfen, Sir. Um zu sehen, ob meine Tasche komisch riecht", platzte Dylan heraus.

„Er stolpert also und fällt in die Toilette, und das Erste, was du danach machst, ist, ihn zu bitten, mal nachzuschauen, ob deine Tasche komisch riecht?", wiederholte Mr Wind und glaubte immer noch eindeutig kein Wort von dem, was sie erzählten.

„Ja, Sir." Charlie und Dylan nickten beide eifrig.

„Und sie riecht komisch, Sir. Nach Bananen und Schweißsocken", fügte Charlie hinzu.

Mr Wind schüttelte den Kopf.

„Was für ein kompletter Mumpitz. Ein riesiger Haufen Blech und Blödsinn…"

Charlie und Dylan sahen sich verblüfft an.

„Mum*wasnochmal*, Sir?", fragte Charlie.

„Eure Geschichte. Kompletter Unfug. Lächerlich. Aber was soll's? Ich habe wichtigere Dinge zu tun, wo Schlangen hier frei herumlaufen."

„Schlangen, Sir?", sagte Charlie unschuldig. „Auf freiem Fuß? In der Schule? Sind Sie *sicher*?"

„*Ja, ich bin sicher*! Die arme Ms Fire hat den Schreck ihres Lebens bekommen. Und jemand hier muss sie beschützen. Nun ja, dann trockne dich einfach ab, Junge. Ich nehme nicht an, dass einer von euch eine Schlange hier drin gesehen hat, oder?" Mr Wind beäugte sie argwöhnisch.

„Nein, Sir", sagten beide wie aus der Pistole geschossen.

„Hmm. Nun ja, macht, dass ihr wegkommt." Mr Wind zeigte zur Tür. „Schlangen sind gefährlich.

Eine Schlangenjagd ist nur etwas für Erwachsene. *Mutige* Erwachsene.“

Sowohl Dylan als auch Charlie mussten beide lächeln, als sie die Toilettentür hinter sich zuzogen. Schweigend liefen sie den Flur entlang.

„Warum hast du nicht…?“ Dylan ließ die Frage offen im Raum stehen.

„Keine Ahnung“, antwortete Charlie.

„Tja, also… danke“, sagte Dylan schroff. „Und überhaupt“, fuhr er fort, „als du wieder aufgetaucht bist, ja? Woher kamen deine Kleider?“

„Was?“, fragte Charlie.

„Tja, also, okay, es ist eine Sache, dass du dich von einem Menschen in ein Tier und wieder zurück verwandelst, weil du irgend so ein genetischer Freak bist. Rein wissenschaftlich ist das irgendwie logisch. Das kapiere ich. Aber dass deine Kleider verschwinden und wieder auftauchen? Wie geht das? Ist das Zauberei? Ich hoffe stark, dass es dafür irgendeine vernünftige und zufriedenstellende Erklärung gibt, damit wir am Ende unseres legendären geistigen Schlagabtausches nicht mit einer riesengroßen und offensichtlichen logischen Lücke dastehen“, sagte Dylan.

„Oh, mach dir keine Sorgen“, antwortete Charlie. „Ich bin mir absolut sicher, dass es einen eindeutigen und logischen Grund dafür gibt, dass meine Kleider wie durch Zauberhand verschwinden und wieder auftauchen.“*

„Und“, fuhr Charlie fort, „und es wird ganz bestimmt keine riesengroße und offensichtliche logische Lücke am Ende unseres legendären Schlagabtausches geben.“**

„Also, bist du nervös wegen des Theaterstücks?“, fragte Charlie zögerlich angesichts einer freundlichen Unterhaltung mit Dylan.

„Ganz und gar nicht“, sagte Dylan. „Ich kann meinen Text. Und ich kann mein ‚Fröhliche Karotte‘-Lied. Und ich kann es nicht erwarten, zu sehen, wie du dich vor der ganzen Schule in ein Tier verwandelst und zu einer Freak-Show geschickt wirst.“

Charlie verzog das Gesicht. Jedes Mal, wenn er anfing Dylan über den Weg zu trauen, stieß er ihn vor den Kopf.

---

* Nein, gibt es nicht.

** Doch, wird es.

„Du musst nicht fies sein, weißt du? Du könntest es mal mit Nettsein versuchen.“

„Oh, nett ist so langweilig! Wer will schon nett sein? Ich bin es, der Leben und Spannung in diese Welt bringt! Du *brauchst* mich. Hast du jemals einen Film ohne einen Bösewicht gesehen? Nein. Da hast du's. Ich bin *notwendig*. Ich muss ganz einfach so sein.“

„Du solltest echt mit dem Schulsozialarbeiter reden, Dylan. Und das ist kein Scherz.“

„Wir sind gar nicht so verschieden, du und ich, Charlie.“

„Doch, das sind wir. Wir könnten nicht unterschiedlicher sein.“

„Nein! Wir sind zwei Seiten derselben Medaille. Ich bin Ying und du bist Yang. Ich bin der Sieger und du der …“

„Krieger?“, antwortete Charlie unsicher.

„Krieger?! Nein! Du verlierst. Sieger und *Verlierer*! Und verlieren ist genau das, was du beim Schultheater machen wirst. Tja, Mr McGuffin, ich würde gerne sagen, dass es ein Vergnügen war, dich kennengelernt zu haben. Aber das war es nicht.“

Und damit ging Dylan, leise vor sich hin lachend, davon.

„Total, durch und durch, komplett, zum Aus-der-Haut-Fahren durchgeknallt“, sagte Charlie zum leeren Flur.

Kapitel 12

„Ich wusste es! Ich wusste es! Das ist genial! Das sind die besten Nachrichten ALLER ZEITEN!“

Ohne Übertreibung darf man wahrscheinlich behaupten, dass Flora recht erfreut war, als sie erfuhr, dass sich ihre Theorie zu Charlies Verwandlungen als richtig erwiesen hatte.

„Das ist zwar schön und gut, aber es *hilft* mir nicht wirklich weiter“, antwortete Charlie mürrisch.

„Natürlich hilft es dir! Und wie!“ Flora packte Charlie mit einem fast wahnsinnigen Blick an den Armen. „Stimmt's, Mohsen?“

„Ja!“, antwortete Mohsen mit einem leicht verschreckten Blick.

„Stimmt's, Wogan?“, fragte sie.

„Ja!“, antwortete Wogan mit einem verwirrten Blick.

„Ist doch klar, Charlie! Jetzt, wo wir wissen, *was* dafür verantwortlich ist, dass du dich verwandelst, können wir herausfinden, wie es sich verhindern lässt! Oh, das ist genau der Durchbruch, den wir gebraucht haben.“

Flora schlug triumphierend ihre Faust in die Handfläche.

Das ist ja alles schön und gut, dachte Charlie, *aber wie kann ich es* stoppen, *wenn ich mich verwandle?*

Charlie dachte noch eine Weile nach und beschloss, dass sein letzter Gedanke eigentlich ziemlich gut war und wahrscheinlich laut ausgesprochen werden sollte.

„Das ist ja alles schön und gut, aber wie kann ich es *stoppen*, wenn ich mich verwandle?“

„Das ist eine sehr berechtigte und wohlüberlegte Frage“, sagte Flora. „Und ich habe einen Plan.“ Sie wackelte mit ihren Augenbrauen auf und ab.

„Gehört zu diesem Plan zufällig, dass ich mich

in große Gefahr begeben muss? Du weißt schon, vielleicht einen Hügel mit einer Geschwindigkeit von einer Million Kilometer pro Stunde hinunterrasen? Oder den wertvollsten Besitz der Direktorin rasieren? Oder mich ins Weltall schießen zu lassen?“

„Nein. Tut es nicht. Und wenn du ihn nicht hören willst, dann eben nicht“, sagte Flora und verschränkte die Arme.

„Doch, ich will!“, protestierte Charlie. „Ich habe nur einen Witz gemacht. Bitte. Sag es mir, Flora. Wie sieht dein Plan aus?“

„Okay, also der Plan ist ganz einfach. Beim nächsten Mal, wenn du spürst, dass es losgeht, atme.“

„Atmen?“, fragte Charlie.

„Ja“, antwortete Flora. „Atme.“

„Atmen. Genial.“

Als Charlie „genial“ sagte, klang es nicht so, als ob er wirklich „genial“ meinte. Es klang mehr wie: Das ist eindeutig der allerschlechteste Plan, den ich je gehört habe, seit Wogan damals, als wir zum Zelten gegangen sind, beschlossen hatte, keine Wechselunterwäsche einzupacken, damit er in seinem Rucksack genug Platz für seinen Goldfisch hatte. Und das Goldfischglas.

„Was für ein fantastischer Plan“, fuhr Charlie fort, „denn tatsächlich hatte ich vor, *nicht* zu atmen. Damit ich vielleicht sterbe und mir **nie wieder einen von deinen dämlichen Plänen anhören muss**.“

„Charlie, was, haben wir herausgefunden, ist der Grund dafür, dass du dich in ein Tier verwandelst?“

Flora stellte die Frage, als wäre Charlie fünf Jahre alt.

„Stress“, antwortete Charlie.

„Und was hilft bei Stress? Denk zurück an unsere Meditationsstunden mit der Achtsamkeits- und Yoga-Lehrerin. Erinnerst du dich an das Lied, das sie gesungen hat?“

„Ich will nur zocken und pennen?“, schlug Wogan vor.

„Nein, Wogan. Das war es nicht.“

„Oh. Dann weiß ich es nicht“, sagte Wogan mit gerunzelter Stirn. „Das ist total schwer!“

„Kommt schon! Ihr kennt es alle! Das *Atmen ist Leben*-Lied!“

Mohsen, Charlie und Wogan sahen sie verständnislos an.

„Hat ihr denn keiner von euch zugehört?“

Wieder sahen sie Flora verständnislos an.

Flora schloss die Augen und begann zu singen:

„Atme das Leben!
Atme die Freude!
Ein tiefer Atemzug bringt mehr Segen
Als eine PlayStation, ihr Leute!

Atme tief ein!
Atme tief aus!
Saug die Luft durch die Nase
und aus dem Mund mit Gebraus!"

Die Jungen reagierten auf das Lied mit eisernem Schweigen.

„Da läuten echt GAR KEINE Glocken bei euch?"

Die Jungen zuckten mit den Schultern.

„Ich weiß nicht, warum sich Ms Regenbogen Gaia Erdenkind solche Mühe gegeben hat, ich weiß es wirklich nicht. Ihr erinnert euch an gar nichts? Die Körperentspannung? Die Visualisierungstechniken? Nichts?"

Mohsen, Wogan und Charlie sahen Flora verständnislos an.

„Ehrlich. Leute gibt's. Egal, der Punkt ist, wenn du tief ein- und ausatmest und dir wunderschöne Orte und andere schöne Dinge vorstellst, entspannt dich das. Und wenn du dich entspannst, bist du nicht gestresst. Und hoffentlich – hoffentlich – stoppt es deine Verwandlung."

Charlie musste zugeben, dass es doch nicht der

schlechteste Plan war, den er je gehört hatte. Und im Augenblick, wo er ihr *einziger* Plan war, war er auf jeden Fall ihr bester Plan.

Und bereits am nächsten Tag – vier Tage vor dem Theaterabend – konnten sie Floras Ms-Regenbogen-Gaia-Erdenkind-Entspannungs-Vorschlag testen.

Es war ein heißer, sonniger Tag, die Art von Tag, an dem du draußen nicht barfuß herumlaufen kannst, weil deine Fußsohlen auf dem Asphalt verbrutzeln würden, und Charlie besuchte seinen Bruder im Krankenhaus.

Es war drei Tage vor dem großen Scan seines Bruders.

Charlie kitzelte der Schweiß unter dem Kragen seines Shirts. Er saß auf Okidokis Bettkante und wartete darauf, dass er ihm antwortete. Okidoki sah sehr ernst aus und starrte an die Decke, auf seinem kahlen Schädel eine Mütze.

Nach einer Ewigkeit redete Okidoki endlich. „Du versprichst, dass das die absolute Wahrheit ist. Großes Indianerehrenwort?"

„Versprochen. Großes Indianerehrenwort", antwortete Charlie.

„Aber das ist unglaublich. Echt genial. Ich weiß nicht, was ich sagen soll."

„Ich weiß", sagte Charlie.

„Du hast dich echt in eine Taube verwandelt? Und in eine Schlange? Und in eine Spinne? Das ist einfach … Mir fehlen die Worte. Du solltest in X-Men sein. Mein Bruder ist in echt ein lebendiger Superheld."

„Na ja, ich fühle mich nicht wie ein Superheld", sagte Charlie, aber trotzdem schwoll seine Brust bei den Worten seines Bruders vor Stolz an.

„Du MUSST es allerdings absolut geheim halten. Erzähl es niemandem. Nicht mal Mum oder Dad", sagte Okidoki. „Wenn jemand es herausfindet, wird es dein Leben zerstören."

„Du hörst dich genauso an wie Flora."

„Vernünftiges Mädchen, diese Flora. Das habe ich schon immer gesagt", sagte Okidoki und in seiner Stimme lag der Anflug eines Lächelns.

„Nein, hast du nicht!", sagte Charlie. „Du hast immer gesagt, sie sei bescheuert. Du hast gesagt, sie wäre genauso durchgeknallt wie eine Schachtel Knallfrösche."

Okidoki lachte. „Okay! Vielleicht habe ich mich

in der Vergangenheit in ihr getäuscht. Aber egal, du MUSST lernen, es zu kontrollieren. Denn wenn du das kannst… dann, wow, wirst du tatsächlich ein richtiger Superheld sein."

„Ich versuche es ja", sagte Charlie niedergeschlagen. „Flora hat übrigens eine Idee."

„Gut. Du solltest Flora vertrauen."

„Das hat noch kein menschliches Wesen je zuvor in seinem ganzen Leben gesagt."

Darüber mussten sowohl Charlie als auch Okidoki lachen. *Es fühlt sich gut an, Okidoki lachen zu sehen,* dachte Charlie.

„Also, wie geht es dir mit dem großen Scan?", fragte Charlie.

Okidoki sah Charlie an und noch ein Lächeln huschte über sein Gesicht. „Ein Kinderspiel. Keine Sorge. Er wird ganz bestimmt gut. Ich bekomme ein ‚Alles okidoki' und bin raus hier."

„Hast du keine…" Charlie ließ die Frage offen im Raum stehen.

„Was? Angst? Blödsinn. Überhaupt nicht. Keine Chance. Ich habe nicht halb so viel Angst, wie du haben wirst, wenn ich wieder *FIFA* gegen dich spiele. Dann wirst du wissen, was Angst heißt.

Und Vernichtung. Du wirst auch wissen, was das heißt."

Charlie war sich nicht sicher, ob Okidoki wirklich ganz ehrlich zu ihm war, aber bevor er noch etwas sagen konnte, kamen ihre Eltern herein und es war Zeit, nach Hause zu gehen.

In einer Blitzaktion, die sie beide überraschte, sprang Charlie zu Okidoki und umarmte ihn.

„Lass mich los!", schrie Okidoki. „Was soll das? Hör sofort auf! Igitt, jetzt muss ich den Arzt um eine Behandlung gegen die lebensbedrohliche Charlie-Krankheit bitten."

Egal, was Okidoki sagte, Charlie hatte ganz bestimmt einen leichten Drücker gespürt, mit dem sein Bruder seine Umarmung erwidert hatte.

***

Charlie spielte gerade auf seinem Nintendo in seinem Zimmer, als es passierte.

Die brennende Sonne hatte einer drückenden Hitze am Spätnachmittag Platz gemacht. Charlie hatte alle seine Fenster geöffnet, trotzdem gab es keinerlei Luftzug. Durch die stehende Luft drangen die leisen Schnipp-Schnapp-und-Buddel-Geräusche seines Dads in sein Zimmer. Sein Dad hatte draußen ein tragbares Radio, das leise klassische Musik spielte. Es war ein Moment der Stille und des Friedens.

Nur zwei Worte, die sich ungewollt in Charlies Kopf schlichen, waren nötig, um diesen Moment zu durchbrechen: *Was wenn?*

Was, wenn Okidokis Scan schlecht ist?

Was, wenn es ihm nicht besser geht?

Was, wenn ich ihn nie wiedersehe?

Nach dem letzten Gedanken begann er fast sofort sich zu verwandeln. Inzwischen nahm Charlie die Gefühle in seinem Körper wahr, noch bevor es losging. Es war wie ein schwacher Alarm ganz weit hinten in seinem Kopf. Sein Herz schlug schneller. Sein Magen fühlte sich an, als würde er durch einen tiefen Graben hindurch auf den Grund des Ozeans sacken. Er wusste, dass es so weit war.

Er verwandelte sich wieder.

Okay, schnell, dachte Charlie. *Entspann dich! Atme!*

Er legte sein Nintendo beiseite (nicht ohne vorher sein Spiel zu speichern).

Er legte sich rücklings auf den Boden, so wie Flora es ihm beigebracht hatte, und schloss seine Augen gerade in dem Moment, als die Elektrizität anfing durch ihn hindurchzuströmen.

Atme!, dachte Charlie. *Komm schon, atme! Langsam! EIN DURCH DEN MUND ... AUS DURCH DIE NASE ...*

NEIN, DAS WAR FALSCH HERUM! EIN DURCH DIE NASE ... AUS DURCH DEN MUND ...

Der Strom flutete durch seinen Körper, aber diesmal fühlte es sich anders an. Langsamer. Als würde der Regler nur auf drei oder vier statt auf neun oder zehn stehen.

Er verwandelte sich nicht!

EIN DURCH DIE NASE … AUS DURCH DEN MUND …

Er verwandelte sich immer noch nicht! Er hatte es geschafft! Charlie versuchte sich vorzustellen, dass er am Strand lag und ruhige, friedliche Gedanken einatmete.

EIN DURCH DIE NASE … AUS DURCH DEN MUND …

Die Elektrizität war allerdings noch immer in ihm. Er fühlte sie und sie ging nicht weg.

Atme. Ein. Aus.

Wurde sie stärker?! Charlie hatte plötzlich das Gefühl, an

einem seidenen Faden über einem Abgrund zu baumeln. Und dann riss der Faden.

Neeeeein! Charlie bekam Panik. Er *verwandelte* sich! *Atme*!

EINDURCHDIENASEAUSDURCHDENMUND …

EINDURCHDIENASEAUSDURCHDENMUND …

Er spürte, wie er sich streckte. Sein Körper stand in Flammen.

EINAUSEINAUSEINAUSEINAUSEINAUS …

Er blähte sich auf, seine Haut wurde fester und grau. Er wurde größer, sehr viel größer als Charlie. Er würde das Zimmer sprengen, wenn er nicht bald aufhörte zu wachsen. Er spürte, wie ihm etwas Riesiges aus der Stirn wuchs.

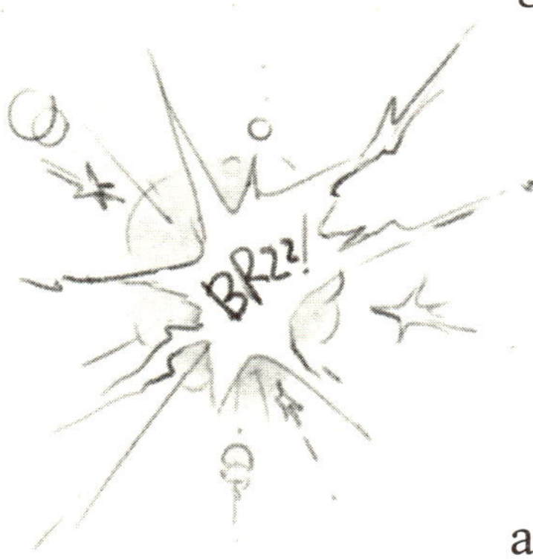

Ohne hinzusehen, wusste Charlie, was es war. Und ohne hinzusehen, wusste er, was *er* war.

Unter dem Gewicht seiner gewaltigen Masse

ächzten die Dielenbretter. Dann die dicke, lederne graue Haut. Das Horn. Charlie nahm all seinen Mut zusammen und legte seinen Kopf schief, damit er in der Fensterscheibe einen Blick auf sein schwaches Spiegelbild werfen konnte. Obwohl er auf den Anblick gefasst war, bekam er einen Schreck.

Charlie war ein *Nashorn.*

Er war ein riesiges Nashorn. In seinem nicht gerade großen Kinderzimmer.

Das konnte nicht gut gehen.

Außer er rührte sich nicht. Außer er wartete einfach ab.

Ich würde gerne sehen, wie Vorsitzender Miao diesmal versucht, mich zu fressen, dachte er.

Ja, abwarten war der beste und der einzige Weg. Charlies Mum war einkaufen und sein Dad arbeitete im Garten, das Haus würde also noch eine Weile leer sein. Wenn er einfach stillstand, würde es vielleicht gut gehen. Vielleicht.

Charlie, das Nashorn, stand reglos da und atmete durch seine geblähten Nüstern ein und aus.

Und während er so dastand, zuckte eine finstere Erkenntnis durch sein Nashornhirn. Floras Plan hatte versagt. Er stand wieder ganz am Anfang. Er hatte seine Kräfte nicht unter Kontrolle. Er würde sich während der Theatervorstellung verwandeln, ganz bestimmt, und das wär's dann gewesen. Für den Rest seines Lebens wäre er ein Experiment für die Wissenschaft. Die Erkenntnis walzte sich durch seinen Magen wie ein ... wie ein ...

Moment mal, dachte Charlie. Das war keine Erkenntnis, die da durch seinen Magen walzte. Es war etwas viel, viel Schlimmeres.

Oh nein.

Das konnte nicht sein.

Es konnte.

Es war.

Charlie, das Nashorn, musste kacken.

Du fragst dich jetzt vielleicht, warum das so schlimm war. Was ist schlecht daran, kacken zu müssen? Und das ist eine gute Frage. Wir alle müssen das manchmal. Aber du musst bedenken, dass ein durchschnittliches Nashorn ziemlich viel Kacke produziert. Tatsächlich kann es davon zwanzig Kilogramm am Tag produzieren, was eine

MENGE ist. Ein durchschnittliches sechsjähriges Kind wiegt zwanzig Kilogramm. Ein Kackhaufen von der Größe und dem Gewicht eines sechs Jahre alten Kindes, der von einem stattlichen Nashorn hinterlassen wird, das durch die weiten Savannen Afrikas zieht, ist eine Sache. Aber ein Kackhaufen von der Größe und dem Gewicht eines sechs Jahre alten Kindes, der in einem durchschnittlich großen Kinderzimmer gemacht wird, ist etwas VÖLLIG ANDERES. Stell dir nur mal kurz vor, wie dieser **megariesige Kackhaufen** auf deinem eigenen Zimmerteppich liegt. Seinen Geruch. Den Fleck, den er hinterlassen würde. Das würde er nicht vor seinen Eltern verheimlichen können, dachte Charlie. Wie in aller Welt sollte er ihnen das plötzliche Erscheinen eines dampfenden Kackhaufens von der Größe von neun Yorkshire-Terriern erklären?

Das konnte er nicht.

Er musste sich schnell etwas einfallen lassen.

Und dann hatte er einen Geistesblitz, der ihn so plötzlich traf, wie ein riesiger Nashornkackhaufen auf den Boden treffen würde.

Vor ihm war ein offenes Fenster. Wenn er sich

herumdrehte, und wenn er seinen riesigen Nashornpopo perfekt in Position bringen könnte, dann könnte er direkt aus dem Fenster kacken. Es war ein ziemlich verzweifelter Plan, aber es war sein einziger.

Langsam, ganz langsam, begann Nashorn-Charlie sich umzudrehen, sein Horn zerfetzte sein Fußballposter und ratschte eine große Schramme in die Tapete darunter. Dafür würde er später noch einen Riesenärger kriegen.

Vergiss das jetzt, dachte Charlie. Er musste sich jetzt um ganz andere Dinge Sorgen machen, und zwar um das, was, wie er spürte, jeden Moment aus seinem kolossalen Nashornhintern herausschießen würde.

Trotz der drohenden Nashornkackeexplosion musste Charlie immer noch super vorsichtig sein. Langsam drehte er sich weiter, seine riesigen Hufe zerquetschten dabei Spielzeug, Bücher und Comics. Zum Glück lag sein Nintendo auf dem Bett und kam damit um einen Nashornquetscher herum. Sein Hintern war jetzt allerdings direkt über sein Bett gerichtet, und wenn er sich nicht beeilte, würde sein Nintendo (und sein ganzes

Bett) in einem Riesenhaufen Nashornkacke ertränkt werden.

Er versuchte, sich ein bisschen schneller umzudrehen. Sein gewaltiger grauer Po warf seinen Nachttisch um, riss eine Lampe, ein Glas Wasser und einen Bluetooth-Lautsprecher zu Boden.

Und dann, endlich, befand sich sein Hintern vor dem Fenster.

Charlie schob sich rückwärts, bis er spürte, wie sein Hintern den Fensterrahmen berührte. Wenn er jetzt noch ein kleines Stück weiter nach hinten rutschte, würde er das Fenster komplett raushauen. Er spürte die Spätsommer-Sonne auf seinem Rücken, also musste er ungefähr in der richtigen Position stehen.

Charlie hob seinen Schwanz.

Und zwar gerade noch rechtzeitig.

Aus Charlies Hintern schoss ein Kackestrahl, so schnell und so heftig, dass er damit in nicht einmal drei Sekunden eine ganze Badewanne hätte füllen können. Er zischte in perfektem Bogen durch das Fenster zu Boden und Charlie stieß einen Seufzer der Erleichterung aus.

Dieses Gefühl hielt allerdings nur etwa eine

RUMPEL

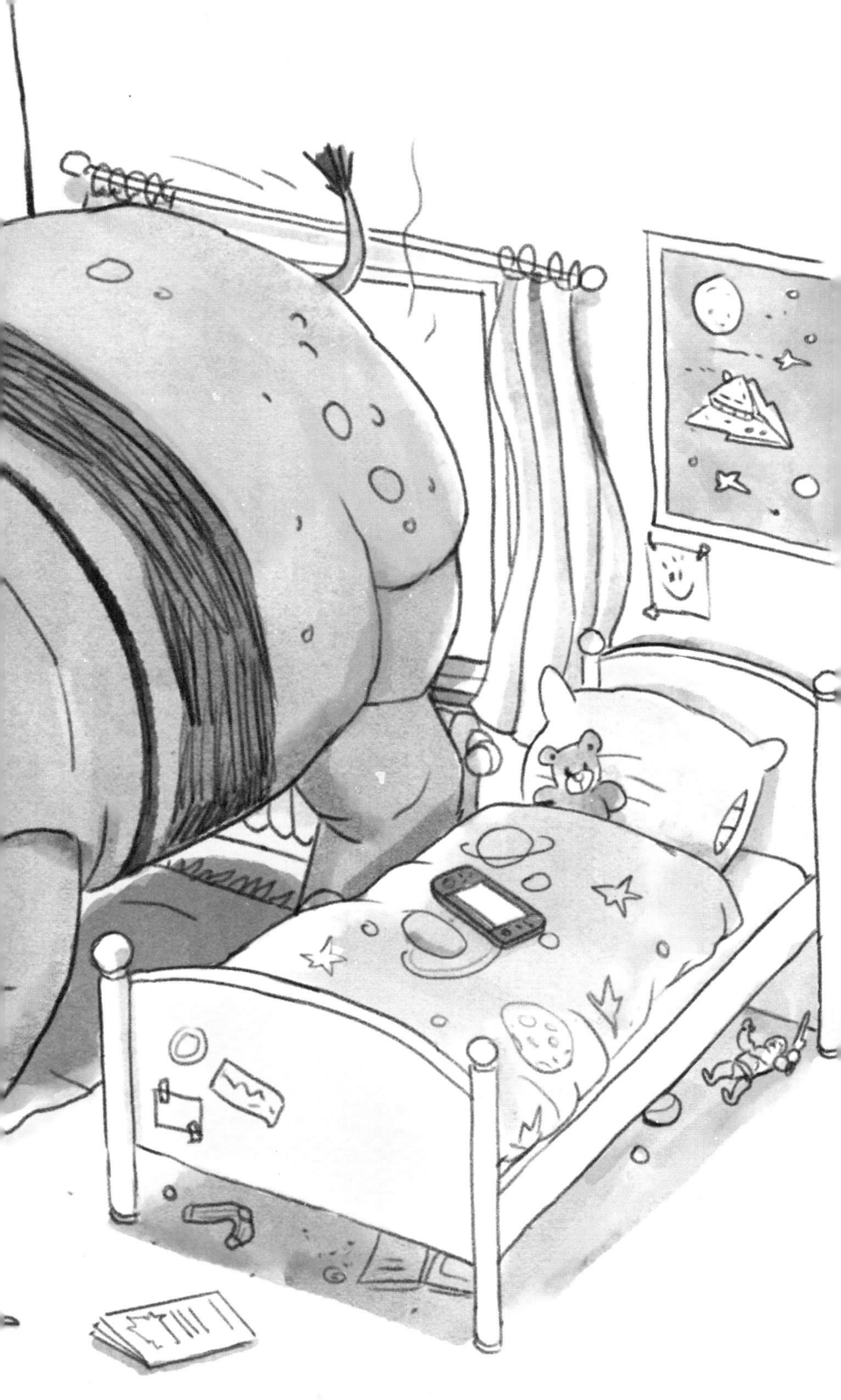

halbe Sekunde an, bis ein Geheul aus dem Garten die sommerliche Abendluft durchriss.

„**Was zum ...?!**“

Charlie wusste sofort, was passiert war.

Es war sein Vater, der da schrie und brüllte.

Sein Vater, der im Garten gearbeitet hatte.

Im Garten, direkt unter Charlies Fenster.

Charlie konnte nicht anders. Er fing an zu lachen. Aber da er immer noch ein Nashorn war, klang es eher wie ein raues Freudeschnauben.

„**Woher zur stinkenden Hölle noch mal ist das gekommen?!**“, brüllte Charlies Vater.

Charlie spürte, wie das Lachen ihn in kleinen Wellen schüttelte.

Und dann, wie aus dem Nichts, spürte er, wie die Verwandlung rasch und schnell wieder einsetzte. Er schrumpfte. Sein Horn verschwand. Seine Haut wurde weicher. Seine Finger wuchsen, seine Haare kehrten zurück.

Bevor er wusste, wie ihm geschah, war er wieder Charlie.

Er flitzte zum offenen Fenster und fürchtete sich vor dem, was er gleich sehen würde.

Es war schlimmer, als er sich je hätte vorstellen können.

Dort, direkt unter dem Fenster, stand Charlies Dad, immer noch mit dem Spaten in der Hand. Zwei Augen blinzelten zu Charlie empor, aus einem Gesicht, das komplett mit Nashornkacke bedeckt war. Ein paar Fliegen schwirrten um sei-

nen Dad herum, während er schockiert und mit offenem Mund dastand.

„SIE … SIE IST EINFACH … AUS DEM HIMMEL GEFALLEN …“, stotterte Charlies Dad. „AUS DEM NICHTS … ALL DIESE … KACKE … AUF MEINEN KOPF.“

Charlie konnte nicht anders, er brach in Gelächter aus.

„**Das ist nicht lustig, Charlie! Ich bin von oben bis unten voll!**“, schrie sein Dad ihn an.

Charlie brüllte vor Lachen, Tränen liefen ihm übers Gesicht.

„**Geh und hol den Gartenschlauch, Charlie!**“

Charlie konnte sich vor lauter Lachen nicht von der Stelle rühren.

„**Hol den verdammten Schlauch, Charlie! Oh mein Gott, hier sind überall Fliegen! Beeil dich, Charlie!**“

Ein wenig später, als er seinen mit Kacke verschmierten Vater abspritzte, der vor sich hin murmelte, dass ein Flugzeug seine randvolle Toilette mitten in der Luft entleert haben musste, und als die Sommersonne langsam hinter den Bäumen hinter ihrem Haus versank, fiel Charlie auf, dass er schon sehr, sehr lange nicht mehr so heftig gelacht hatte.

Kapitel 13

Schließlich war der Tag der Theateraufführung gekommen und draußen vor der Schule plapperten Eltern, Schüler und Lehrer alle aufgeregt durcheinander. Nur Charlie, Mohsen, Wogan und Flora, die sich draußen verabredet hatten, um Charlie viel Glück zu wünschen, ließen sich von der allgemeinen Vorfreude nicht anstecken. Schon seit ein paar Tagen hing eine schwarze Wolke über den Freunden.

Wogan sah hinauf zum Himmel.

„Ich wünschte echt, diese schwarze Wolke würde verschwinden. Sie hängt einfach über uns. Schon seit Tagen.“

„Ja“, stimmte Mohsen ihm zu. „Es ist wie eine …

Metapher für irgendetwas. Aber ich weiß nicht für was", sagte er bedrückt.

„Für meinen bevorstehenden und sicheren Untergang?", schlug Charlie vor.

„Ohhhhh, jaaaa", nickte Mohsen und grinste breit über diese neue Verknüpfung in seinem Hirn. „Das muss es sein. Charlies bevorstehender und sicherer Untergang."

„Er ist nicht sicher", murmelte Flora, die mit geschlossenen Augen und gerunzelter Stirn auf dem Boden hockte und ihre Fingerspitzen unter ihrem Kinn wie zu einem Dach aneinandergelegt hatte.

Charlie, Mohsen und Wogan drehten sich zu Flora um.

„Wie meinst du das?", fragte Mohsen.

„Ich meine, er ist nicht sicher. Charlies Untergang", antwortete Flora, ohne sich zu rühren.

„Wie kann er nicht sicher sein?", fragte Charlie und Zorn mischte sich in seine Stimme. „Seit das Ganze angefangen hat, habe ich mich jedes Mal in ein Tier verwandelt, wenn ich gestresst war. Jedes. Einzelne. Mal."

Flora öffnete die Augen, sah Charlie ernst an, ließ ihn aber weiterreden.

„Wie kommst du darauf, dass es *dieses* Mal", sagte Charlie und sein Gesicht begann sich rot zu färben, „wo ich ein DÄMLICHES Lied über eine *traurige Kartoffel* vor der GANZEN SCHULE singen muss, IRGENDWIE anders sein sollte? Es wird sogar noch schlimmer sein, und ich werde mich in wer weiß was verwandeln – wahrscheinlich in etwas *total* Peinliches wie ein Gnu oder einen Nacktmull –, und man wird mich für den Rest meines Lebens in ein wissenschaftliches Labor verfrachten. Das war's. Ich bin erledigt. Das Spiel ist aus."

Charlie beendete seine Schimpftirade und starrte Flora provozierend an. Flora starrte zurück und hielt Charlies Blick stand.

„Diese schwarzen Wolken sind jetzt echt richtig fett", sagte Wogan und spähte hinauf zum Himmel. „Es sieht aus, als würden sie gleich platzen."

„Es wird nicht regnen. Und es muss nicht sein, dass Charlie sich verwandelt", antwortete Flora bloß.

„Argh! Was weißt du schon?"

„Zuerst einmal, Charlie, weiß ich, dass du aufhören musst, so zu denken. Wenn du dir weiterhin einredest, dass du dich verwandeln wirst, dann stresst du dich selbst nur noch mehr und dann WIRST du dich auf jeden Fall verwandeln."

„Oh, toll, danke, dass du mir das sagst – das ist total hilfreich. Jetzt ist es meine Schuld."

„Ich sage nicht, dass es deine Schuld ist", sagte Flora ruhig. „Ich sage, dass es in deiner Macht liegt, Dinge zu ändern. Schlimme Dinge passieren nun einmal, Charlie. Akzeptiere sie. Nicht das, was dir im Leben widerfährt, macht aus dir die Person, die du bist, sondern wie du damit umgehst. Du bist der mutigste Mensch, den ich kenne, Charlie McGuffin, und was auch immer passiert, du wirst damit fertigwerden. Du bist mein bester Freund, und wenn du dich vor der ganzen Schule verwandelst, und wenn die Wissenschaftler kommen, um dich abzuholen, dann werden ich und Mohsen und Wogan alles tun, um dich zu beschützen. Egal, was."

Mohsen und Wogan nickten heftig.

Charlie schluckte. Und blinzelte rasch. Er wollte Flora antworten, stellte aber fest, dass er keinen Ton herausbrachte.

„Wie dem auch sei", sagte Flora, „aus deinen

Erzählungen zum Nashornzwischenfall haben wir noch etwas mehr über deine Situation gelernt."

„Wenn du aus dem Fenster kackst, sieh nach, ob dein Dad nicht gerade die Rosen direkt darunter stutzt?", schlug Mohsen vor.

„Das stimmt", sagte Flora. „Aber das meinte ich nicht. Ich rede vom Lachen. Als du angefangen hast zu lachen, Charlie, hast du dich sofort zurückverwandelt."

„Oh, ja …", sagte Charlie.

„Also", fuhr Flora nüchtern und sachlich fort, „wir wissen daher Folgendes:

1. Wenn du gestresst bist, verwandelst du dich in ein Tier.
2. Durch tiefes Atmen und Entspannen verwandelst du dich langsamer, aber die Verwandlung lässt sich nicht stoppen.
3. Fröhlichkeit verwandelt dich zurück.

Vielleicht ist das jetzt nicht die komplette Antwort auf alles, was vor sich geht, aber es ist sehr viel mehr, als wir bei deiner ersten Verwandlung wussten. Wir sind ganz nah dran an einem Heilmittel, Charlie. So nah."

Mr O'Dere, der irische Hausmeister, läutete die Handglocke und blaffte alle an, sich auf ihre Plätze zu begeben. Die vier Freunde gingen zu ihrem Klassenzimmer, um sich für das Theaterstück fertigzumachen, und waren in Gedanken alle bei Charlies Problem (alle bis auf Wogan, der sich fragte, ob ein Nacktmull ein echtes Tier war oder nicht). Ohne dass sie es bemerkten, tauchte ein Riss in den schwarzen Wolken hinter ihnen auf und ein goldener Sonnenstrahl brach durch.

***

Vielleicht waren sie einem Heilmittel nähergekommen, aber für Charlie fühlte es sich immer noch eine Million Meilen weit entfernt an.

Ängstlich hatte er durch den Vorhang zugesehen, wie sich der Saal mit Eltern und Kindern füllte, bis fast alle Plätze belegt waren, bis auf ein paar in den ersten Reihen.

Jetzt stand er mit blassem Gesicht in seinem Kartoffelkostüm hinter der Bühne und das Herz schlug ihm bis zum Hals. Er hatte immer noch in den Ohren, wie Flora und Mohsen ihm Viel Glück gewünscht hatten.

Wogan war bereits auf der Bühne. Charlie hörte ihn mit Clara.

Gleich würde er selbst auf die Bühne müssen.

„Du wirst dich verwandeln", flüsterte es plötzlich in Charlies Ohr. Es war Dylan, der in seinem Karottenkostüm selbstgefällig dreinblickte. „Und glaub nicht, dass du diesmal damit davonkommst, McGuffin. Ich werde dafür sorgen, dass es alle sehen. Du kannst nichts tun, um mich davon abzuhalten."

Charlie hatte darauf keine schlagfertige Antwort. Dylan hatte recht. „Was willst du dann von mir, Dylan? Soll ich ausflippen oder weinen oder dich verprügeln?"

„Nein, Mr McGuffin, ich will, dass du dich verwandelst!"

„Oh, mein Gott, du bist echt so was von wahnsinnig."

„Der Unterschied zwischen Wahnsinn und Genie definiert sich lediglich aus dem Erfolg", antwortete Dylan mit funkelnden Augen.

„Moment mal", sagte Charlie ungläubig. „Antwortest du mir gerade mit dem Zitat von einem Schurken aus James Bond?"

„Auf Wiedersehen, Mr McGuffin." Und damit drehte Dylan sich um und ließ ihn stehen.

Es ging los.

***

Flora und Mohsen saßen im Publikum und knabberten an ihren Fingernägeln.*

Keiner wagte zu atmen, während sie darauf warteten, dass Charlie auf die Bühne trat, um sein wichtiges Lied zu singen.

Und dann sah Flora aus den Augenwinkeln, wie jemand auf einen der vorderen Plätze im Zuschauerraum huschte.

Jemand, mit dem sie nicht gerechnet hätte.

Jemand, mit dem Charlie *absolut* nicht gerechnet hätte.

Und da hatte sie eine geniale Idee …

***

---

* An ihren jeweils eigenen Fingernägeln, nicht an denen des anderen.

Charlie schloss kurz die Augen und machte sich bereit. Und dann erhob er sich und ging zum Bühnenaufgang.

Es war dunkel, und kurz bevor er auf die Bühne trat, spürte er, wie ihm jemand auf die Schulter tippte.

Es war Dylan.

Er grinste sein selbstgefälliges Grinsen, zog mit einer theatralischen Geste einen Schlüssel unter seinem Karottenkostüm hervor, wedelte damit vor Charlies Gesicht und schloss dann die Tür ab, durch die er gerade hereingekommen war. Dann trat er mit einem letzten sogar noch selbstgefälligeren Lächeln hinaus auf die Bühne.

Dylan hatte die Tür abgeschlossen. Charlies einziger Ausweg war blockiert. Wenn er sich jetzt auf der Bühne verwandelte, konnte er nicht durch den Bühnenaufgang verschwinden. Er würde versuchen müssen, den ganzen Weg durchs Publikum zu rennen. Mit einem unguten Gefühl begriff Charlie, dass Dylan ihm seinen einzigen Fluchtweg abgeschnitten hatte.

Charlie schleppte sich hinaus auf die Bühne, wo Dylan schon gespannt auf ihn wartete.

Es war heiß und hell. Zwei Scheinwerfer strahlten auf die Bühne: Einer war direkt auf Dylan gerichtet, der andere auf Charlie.

Charlie blinzelte gegen das Licht. Es war so grell, dass er das Publikum nicht sehen konnte. Hinter dem Licht waren die Zuschauer nur ein tiefschwarzes Meer. Aber er spürte, wie sie warteten: raschelnd, gedämpft.

Schweißperlen liefen ihm über Stirn und Rücken. Seine Handflächen waren feucht. Ihm war jetzt schon schwindlig. Dylan drehte sich mit einem Siegeslächeln zu Charlie um, sah ihm in die Augen und formte zwei Worte mit dem Mund:

Verwandle dich.

Und dann begann Dylan zu singen. Noch nie hatte eine Karotte fröhlicher geklungen.

Und sofort ging es los. Charlies Herz begann schneller zu schlagen und sein Magen sackte ihm in die Kniekehlen.

Sein Auge begann zu zucken.

Dann begann sein anderes Auge zu zucken.

Bevor Dylan sein Lied zur Hälfte gesungen hatte, fühlte Charlie, wie Feuer durch seinen Körper raste und Elektrizität durch seine Nerven sirrte.

Das war’s.

Er verwandelte sich vor der ganzen Schule.

***

Sogar von ihrem Platz im Publikum aus erkannte Flora, wie Charlies Augen sich ängstlich umwölkten. Tief unten in ihrer Magengrube wusste sie, dass alles schrecklich, schrecklich schiefgehen würde.

Sie wusste, dass Charlie sich verwandelte.

Und sie wusste genau, was sie tun musste.

Sie sprang von ihrem Platz auf, drängelte sich zwischen den Leuten durch und rannte zum hinteren Teil des Saals.

Colin Daisy, der bullige Mannschaftskapitän des Schulrugbyteams aus der Sechsten, bediente Charlies Scheinwerfer. Überrascht sah er auf, als Flora neben ihm auftauchte. „Was willste?“, fragte er.

„Ich muss mir nur mal kurz diesen Scheinwerfer ausleihen“, sagte sie und lächelte zuckersüß.

„Hau ab“, antwortete Colin.

„Also, das ist nicht sehr nett“, antwortete Flora. „Ich zähle jetzt bis drei. Eins … zwei …“

***

Dylan hatte sein Lied fast zu Ende gesungen.

Charlies Körper prickelte, in seinem Inneren explodierten elektrische Ladungen.

Es passierte.

Atme, sagte Charlie zu sich selbst. *Atme!*

Charlie versuchte, langsam und tief zu atmen und sich zu beruhigen. Ein, aus. Ein, aus.

Aber obwohl das Feuer und die Elektrizität, die durch seine Adern rasten, langsamer wurden, stoppte es die Verwandlung nicht.

Dylan beendete sein Lied und verbeugte sich.

Die Zuschauer applaudierten.

Es wurde still, alle warteten darauf, dass Charlie sang.

Sekunden fühlten sich wie Jahre an.

Dann spürte Charlie, wie sein Körper sich veränderte.

Die Innenseiten seines Körpers wurden zusammengepresst.

Unter seinem Kostüm fing sein Körper an zu ju-

cken. An seinen Beinen sprossen Haare. Auf seinem Rücken. Auf seinem Bauch.

Auf seinem Gesicht.

Das war's. Alles war aus ...

„Drei!"

Im hinteren Teil des Saals war ein Schmerzensschrei zu hören und ein plötzliches Klappern, und dann schwang der Scheinwerfer von Charlie weg, und Dunkelheit senkte sich über ihn.

Charlies Arme wurden länger; sie berührten den Bühnenboden. Charlie wusste, dass ihn jetzt niemand sehen konnte, aber das würde nicht so bleiben. Wenn der Scheinwerfer zurück auf ihn schwenkte, würde die ganze Welt wissen, dass er ein Freak war.

Aber der Scheinwerfer schwenkte nicht auf ihn zurück. Stattdessen schwenkte er im Bogen über das Publikum hinweg, sauste im Tiefflug über die vorderen Reihen und richtete sich auf eine Person. Ein Junge, etwas älter als Charlie, der eine Mütze trug, um seinen kahlen Kopf zu verbergen.

Charlie konnte nicht fassen, was er sah.

Es war unmöglich.

Dort, zwischen Mum und Dad, saß Okidoki.

Und Charlie wusste, das konnte nur eins bedeuten: Der Scan war gut. Sein großer Bruder musste doch nicht noch einmal operiert werden. Er würde nach Hause kommen.

Charlie spürte, wie sein Herz schier bersten wollte vor Freude und Erleichterung, und als diese Glücksgefühle ihn durchströmten, spürte er sofort, wie er sich wieder verwandelte. Zurückverwandelte in das, was er sein sollte: ein kleiner neunjähriger Junge, der bei einem Schultheaterstück über verliebtes Gemüse verlegen in einem Kartoffelkostüm auf der Bühne stand.

Und gerade als Charlie das Gefühl hatte, wieder komplett normal zu sein, schwenkte der Scheinwerfer zurück auf ihn.

Neben Charlie funkelte Dylan ihn wütend an.

Charlie zwinkerte Dylan zu, dann schloss er die Augen und holte tief Luft.

Und während aus jeder Faser seines Körpers das Glück strömte und ein Lächeln in seinem Gesicht klebte, sang Charlie ein Lied über eine traurige Kartoffel.

Und das war's – mehr oder weniger. Ein paar

Dinge müssen wir noch klären und anschließend wird es Zeit für Fragen geben.

Ms Fire und Mr Wind waren „enttäuscht“ von Charlie, weil er das gesamte Lied über wie ein „Honigkuchenpferd“ gegrinst hatte. Charlie grinste auch die gesamte Strafpredigt über, und da fingen Mr Wind und Ms Fire an, sich Sorgen zu machen, ob bei Charlie womöglich eine Schraube locker sei. Mr Wind und Ms Fire waren übrigens *so* enttäuscht, dass sie sofort in die nächste Weinbar gehen mussten, um darüber zu beraten, was mit dem Stück schiefgelaufen war und wie man es nächstes Jahr besser machen konnte.

Dylan war noch lange sauer auf Charlie. Er hatte als Einziger gesehen, wie Charlie sich in einen Schimpansen verwandelt hatte, und er hatte als Einziger gesehen, wie er sich zurückverwandelt hatte. All seine Pläne waren zunichtegemacht worden. Aber er würde noch viele Tage, Wochen und Monate damit zubringen, sich zu überlegen, wie er ein Komplott schmieden konnte, um Charlie vor der breiten Öffentlichkeit als den Freak zu entlarven, der er war.

Mohsen und Wogan waren fortan voller Bewunderung für Flora. Hatten aber auch weiterhin ein wenig Angst vor ihr. Und die wurde noch verstärkt, als sie erfuhren, dass Colin Daisy ihr nicht freiwillig die Kontrolle über die Scheinwerfer überlassen hatte, sondern erst, als Flora ihm eine blutige Nase und ein blaues Auge verpasst hatte. Jetzt rannte er immer, wenn er sie im Flur kommen sah, in die entgegengesetzte Richtung davon.

Flora blieb genau, wie sie war. Und das sollte sie auch, denn sie war GENIAL.

Die Familie McGuffin war wieder vereint. Okidoki war wieder zu Hause, und auch wenn es etwas dauerte, wurde er wieder ganz gesund. Überhaupt nicht lange dauerte es dagegen, bis er Charlie in *FIFA* geschlagen hatte.

Und Charlie? Er hatte seinen Bruder zurück. Und er verwandelte sich nie wieder in ein Tier. Na ja, zumindest für eine Weile nicht.

Ende

Also, bitte sehr. Das war's. Das Ende. Die Ziellinie. Ich hoffe, du hast genauso viel Spaß beim Lesen gehabt wie ich beim Schreiben. Hoffentlich sogar mehr, denn um ehrlich zu sein, war es eine ziemlich schreckliche Erfahrung, dieses Buch zu schreiben. Meine Finger haben *immer noch* Blasen.

Also: Fragen?

Charlie, neun Jahre alt, fragt: ***„Ich heiße Charlie und ich bin auch neun Jahre alt. Handelt das Buch von mir?"***

Verwandelst du dich in Tiere, Charlie? Nein? Da hast du's. Dann handelt das Buch wohl nicht von dir. Logischerweise.

Josh, neun, aus Whitstable, fragt: ***„Wenn es so schlimm war, das Buch zu schreiben, warum haben Sie sich dann überhaupt die ganze Mühe gemacht? Und es ist noch nicht mal ein besonders langes Buch. Es hat nur knapp 30.000 Wörter. Das ist nicht gerade viel für ein Buch. Die Harry-Potter-Reihe hat über eine Million Wörter. Das ist mehr als dreiunddreißig Mal so viel wie Ihr Buch."***

Oh, ganz toll, da ist ja wieder Josh aus Whitstable. Hast du nicht schon beim letzten Mal genug Fragen gestellt? Aber nun gut, ja, die Harry-Potter-Reihe ist vierzig Mal länger als dieses Buch, aber weißt du was? Es kommt nicht auf die Quantität der Wörter an, sondern auf die Qualität. Und ich bin der Meinung, dass ein Wort in diesem Buch so viel wert ist wie etwa vierzig Wörter von J. K. Rowling, wenn sie über Professor Dummedor und Severus Schnarch schwafelt, hab ich recht? Hab ich recht?

Bethany, zwei Jahre alt, von Ein paar Häuser die Straße herunter, fragt: ***„Warum mussten Sie Dylan so gemein machen?"***

Lass dir etwas gesagt sein, Bethany: Nicht ich habe Dylan gemein gemacht. Das Leben hat ihn gemein gemacht. Dylan hatte es schwer und tief in seinem Innersten ist er wirklich unglücklich. Und die meisten wütenden oder unfreundlichen Menschen sind fast immer, tief in ihrem Innersten, sehr unglücklich.

Emily, zehn, aus Frimpton-on-Sea fragt: ***„Hat dieses Buch eine tiefere Bedeutung? Was für eine wichtige Botschaft haben Sie ganz genau für den Leser? Und wenn es keine tiefere Bedeutung gibt, ist dieses Buch dann nur eine alberne Geschichte über einen Jungen, der sich in Tiere verwandelt?"***

Danke für die Frage, Emily.

Emily, zehn, aus Frimpton-on-Sea fragt: ***„Weichen Sie der Frage aus? In diesem Buch steckt doch eine tiefere und wichtige Botschaft, oder?"***

Natürlich weiche ich der Frage nicht aus. Und natürlich steckt eine Botschaft in diesem Buch. Und die Botschaft ist … die Botschaft ist … Oh! Schau mal! Hinter dir! Da fliegt etwas Großes! Oh, du hast es knapp verpasst. Jetzt ist es weg. Vergiss es. Egal, worüber haben wir gerade gesprochen? Nächste Frage, bitte.

Brunilla Wackelschnack, siebenundsechzig, aus Banjobach fragt: ***„Mir ist aufgefallen, dass einer der Fragesteller, ‚Bethany', nur zwei Jahre alt ist. Das kann nicht stimmen. Denken Sie sich all diese Personen nur aus? Sind das überhaupt reale Fragen?"***

Was ist schon real, Brunilla? Sind Sie real? Bin ich real? Macht es überhaupt einen Unterschied, was real ist und was nicht?

Charlie, neun Jahre alt, fragt: ***„Sie haben mich Ihre Fragen überhaupt nicht beantworten lassen. Sie haben einfach für mich geantwortet. Als Antwort auf Ihre Frage: Ja, tatsächlich, ich verwandele mich in Tiere. Und mein Nachname ist McGuffin. Und meine besten Freunde heißen Wogan, Mohsen und Flora. Dieses Buch basiert eindeutig auf meinem Leben. Und ich habe Ihnen nicht die Erlaubnis gegeben,***

meine Lebensgeschichte in ein schlecht geschriebenes Buch zu verwandeln. Ich habe einen Anwalt zurate gezogen und wir sehen uns vor Gericht!"

Wir machen hier eine Frage-und-Antwort-Runde, Charlie. Du hast nur eine Reihe von Behauptungen aufgestellt und keine Fragen gestellt. Und ich habe auch einen Anwalt zurate gezogen. Leider hat er mir geraten, sofort mit dem Schreiben aufzuhören. In diesem Buch hätte es noch viel mehr gegeben, noch viel Besseres. Aber jetzt darf ich nicht mehr schreiben. Sehr schade. Du hast allen den Spaß verdorben, Charlie McGuffin. Ich hoffe, du bist zufrieden.

Gebürtig in Manchester, lebt Sam Copeland heute in London, zusammen mit zwei miefigen Katzen, drei miefigen Kindern und einer relativ sauber duftenden Ehefrau. Er ist ein gefragter Tauben-Flüsterer und reist mit seinem einzigartigen Talent, wilde Tauben zu zähmen, um die Welt. »Charlie kriegt die Flatter« ist sein erstes Buch. Er hat bereits angedroht, weitere zu schreiben.

Jory John/Mac Barnett

MILES & NILES

Im Streichespielen sind Miles & Niles die Größten.
Schon jeder für sich war ein Meister seines Fachs – aber jetzt, wo sie sich zusammengeschlossen haben, sind sie ein unschlagbares Trickser-Duo!
Oder zumindest dachten sie das ...

Hirnzellen im Hinterhalt
Band 1, 224 Seiten,
ISBN 978-3-570-16367-2

Schlimmer geht immer
Band 2, 224 Seiten,
ISBN 978-3-570-16442-6

Jetzt wird's wild
Band 3, 224 Seiten,
ISBN 978-3-570-16467-9

Einer geht noch
Band 4, ca. 224 Seiten,
ISBN 978-3-570-17554-5

10402_4